呪われ子爵と
心中するのは
お断りです!
皇帝陛下の
専属司書姫3

皇帝陛下の専属司書姫３

呪われ子爵と心中するのはお断りです！

やしろ慧
KEI YASHIRO

一迅社文庫アイリス

CONTENTS

ルーカス
トゥーラン皇国の皇帝で、絶大な魔力の持ち主。カノンの契約恋人。ゲームの攻略対象でありラスボスでもある。ゲームでは『憤怒』の大罪持ち。性格は狡猾、傍若無人。
呪われ子爵と心中するのはお断りです!
皇帝陛下の専属司書姫3
カノン
パージル伯爵令嬢。
異母妹のシャーロットに会ったことで、自分がゲームの悪役に生まれていたことに気づく。悪役の運命を逃れ、平穏な人生を送ることが目標。ルーカスと恋人契約を結んでおり、皇室所縁の名誉爵位——シャント伯爵位と皇宮図書館の館長職を授かった。

レヴィナス
カノンの義弟で、
皇都の大学に通っている。
ゲームの攻略対象の一人。
『嫉妬』の大罪持ち。

ロシェ・クルガ
孤児院出身の美貌の神官。
ゲームの攻略対象の一人。
『色欲』の大罪持ち。

キシュケ
商会を営むランベール子爵家の
長男。陰鬱な雰囲気の男性。
ゲームの攻略対象の一人。
『暴食』の大罪持ち。

シャーロット
カノンの異母妹で、ゲームの
ヒロイン。愛らしい容姿の持ち主。
綿菓子みたいな女の子。

オスカー
ディアドラ侯爵家の嫡男で、
カノンの元婚約者。
ゲームの攻略対象の一人。
『傲慢』の大罪持ち。

ベイリュール
タミシュ大公。その美貌と女性遍歴
で有名。ゲームの攻略対象の
一人。『怠惰』の大罪持ち。

ダフィネ
皇太后。ルーカスの祖母で
育ての親。カノンの母、イレーネの
後見人をしていた。

ミアシャ
ダフィネの侍女。
ルーカスの花嫁候補の一人で
侯爵令嬢。派手な美女。

セネカ
ラオ侯爵の子息でミアシャの兄。
病床の父親の代理として
活動している。

ヴァレリア
先代皇帝の娘で、
ルーカスの叔母。未亡人。
三十代半ばの美女。

ジェジェ
白いホワホワした毛並みの魔猫。
カノンのことを気に入っている。
国の霊獣で準皇族。

シュート
ルーカスの側近。近衛騎士団の
騎士。ルーカスとは子供の頃
からの付き合い。

ラウル
ルーカスの側近で性別不明の
人物。カノンの侍女兼護衛騎士。

キリアン
ルーカスの側近。近衛騎士団の
騎士で、人狼族の青年。

パージル卿
カノンの父親で伯爵。
長女のカノンには冷たく、次女の
シャーロットを溺愛している。

イレーネ
カノンの母親。
皇族の傍系の娘で、皇太后の
庇護下で養育された。
カノンが幼い日に亡くなった。

ゾーイ
子爵夫人。
皇宮図書館の副館長。
人当たりの柔らかい人物。

セシリア
霊獣ジェジェの養子になった、
元孤児の少女。明るくしっかり者。
ノアの姉。

ノア
霊獣ジェジェの養子になった、
元孤児の少年。
人見知りなところがある。

◈KEYWORD◈《虹色プリンセス》
生まれ変わる前のカノンがプレイしたことのあるゲーム。
七人の攻略対象がそれぞれ七つの大罪『傲慢』『強欲』『嫉妬』『憤怒』『色欲』『暴食』『怠惰』に
なぞらえた『傷』を持っている。その傷をヒロインたちが癒さないと家や国が滅ぶ物騒な内容。

イラストレーション◆なま

Librarian Princess for the Emperor

新聞「ディ・ルメク」

「玻璃《はり》宮の司書姫」


「皇帝の本棚に飾られたご令嬢」

「深窓の女伯爵」

「篤志家か、あるいはお嬢様の気まぐれ」

ここしばらく、彼《か》の女性、カノン・エッカルト・ディ・シャントは数々の二つ名と共に皇都の民に語られてきた。

私たち平民がこの幸運な女性の名前を語る時、我らの舌は平静ではいられない。羨望《せんぼう》か揶揄《やゆ》か苛立《いらだ》ちか。なんらかの感情をスパイスとして添えているだろう。

偉大なる皇国の太陽の唯一の寵姫《ちょうき》として知られながらも、彼女が皇帝のパートナーとして権勢を振るうことは今までなかった。薄幸の佳人ヴァレリア皇女に遠慮してなのか、それとも、皇帝自身がひと時の恋人である彼女にそう振る舞うことを許していなかったのか……。

臣民としては気になるところではあるが、ここで、皇宮の恋模様には一人登場人物が追加される。

彼女が皇后の座を射止めるのか、それとも実利を重んじる皇帝らしく皇后の椅子《いす》を温めるのはラオ家の華か。どうやらその争いには間もなく終止符が打たれそうだ。

後宮ではこのところ、皇帝とラオ侯爵令嬢、ミアシャが二人きりで歓談している姿が目撃されている。

さらに、病に倒れたラオ侯爵の跡継ぎは皇都の屋敷を改築中だ。皇后の実家として素晴らしいものにするために。（中略）

「愛を誓う高貴な二人の傍らには、司書姫と呼ばれるカノン・エッカルト嬢の哀れな姿があるだろう。彼女が愛する人に棄《す》てられるのは、これで二度目だ――」

★プロローグ

ばちゃ、ばちゃ、とカノンが走ると水しぶきが足元ではねた。

雨でもないのに地面はぬかるんでいる。

カノンは走るのが遅い方ではない。それでもぬかるんだ泥に靴がとらわれて速度は落ちる。

これでは、だめだ。このままでは、無理だ。速く走らなければ！　速く、速く、速く、はやく、はやく……!!

速く逃げなきゃ。そうしなければ……！

「に、逃げないとっ……！」

「誰《だれ》から？」

暗がりから湧いて出た声にカノンは声なき悲鳴をあげた。と同時に、何か、に躓《つまず》いて倒れ込む。石だろうか。

痛い、と石を避《よ》けたカノンは、その石が、ぐにゃりと柔らかい何かで、簡単に曲がったことに気づいて再び鋭く叫ぶ。

石ではない、無機物ではない、それは……手だ！

人の手。

それだけではない。

累々と倒れ込んだ人間が、座り込んだカノンの周りを囲んでいることに今更気づく。

「……いやっ……！」

見えない何かに追われている気がして振り払おうとすると、月明かりに照らされて、己の痩《や》せた白い手が赫《あか》く染まっているのが見える。

血だ。

「……いやっ……嘘《うそ》よ……！」

カノンが半狂乱になった背後で、ばちゃり、と濁った足音がする。

何かが動く気配がして、カノンは憐《あわ》れなほど大きく、びくり、と肩を震わせた。

怯《おび》えるカノンの動きを皮肉な声が突き刺す。

「愚か者ほど不幸な現実を虚構だと捻《ね》じ曲げたがる。目を逸《そ》らしても状況は好転しないというのに。そうでしょう？　カノン・エッカルト」

振り返ると、男は蒼白《あおじろ》い顔で力なく笑っていた。

疲れている、どうしようもなく疲れて、この世に倦《う》んだ。そんな表情を浮かべている。

血にまみれた男の髪がサラリと肩から落ちた。いや、そうではない。男の髪自体が、暗い淀《よど》んだ血の色をしているのだと気づいてカノンは身震いをした。まるで、根の国の使いのように不気味だ。

「しら、知らない……っ」

カノンは必死で男を突き飛ばし、暗闇《くらやみ》の中、走って逃げる。

心臓が破れそうなほどに必死で走って、躓いて転倒する。

「どうして逃げるのです？　……カノン・エッカルト。死は安寧だ。僕と一緒にもう、楽になりましょう」

夜の深い闇から、何かがヌウっと出てきたので悲鳴をあげようとするも声が出ない。

「……君は、死ぬべきだ」

「……どうして!!」

力の限り駆けてきたせいで、息が整わない。

呆然《ぼうぜん》と見上げたカノンを痩身《そうしん》の男は暗い目で見下ろした。

「君がいる限り、シャーロットは怯え続けなくてはいけない。僕は、君の悪意から彼女を守りたいんだ」

細い指がカノンの顎《あご》をそっと上向ける。

「私が何をしたと、いう……のっ」

男は黒々とした光の消えた目を細め、じっと観察した。

「さあ……？　……するかもしれないし、しないのかも……。結局のところ、君がどうあろうとあまり意味を持たないんだ」

だが、と男は声を潜《ひそ》めた。

大事なことだと言わんばかりに単語を区切って口にする。

「シャーロットが、君を、恐れていること、が重要だ。彼女の平穏は何にも優先されるべきもの。そうは思わない？」

「思うわけがないじゃない！　あの子の平穏なんて私には関係ない！　私はシャーロットを襲ったりはしないし、平穏に過ごしたいだけよっ！　離して！」

カノンが渾身《こんしん》の力で腕を引っ張っても、痩身の彼はビクともしない。

「離さない。君がどうであるかは関係がないと言っただろう？　――それに、そうだな」

男の瞳《ひとみ》に、一瞬、光が差す。しかしそれは慈悲の類《たぐい》ではなく……どこまでも暗い深淵《しんえん》をかえって引き立たせて、浮き彫りにするだけだった。

「君の血は……、ひどく美しい色をしていそうだ」

男の手が高く掲げられる。

月夜に煌《きら》めく、鋭く伸びた爪《つめ》が視界に入る。爪は細い月あかりを弾《はじ》いて煌めく。

「寂しくなんかないよ。カノン・エッカルト。僕も一緒に死んであげるから」

恍惚《こうこつ》とした声と共にそれが振り下ろされる瞬間。

カノンは絶叫した……。

「どうして、心中なんかしないといけないのっ！」

真夜中。

自室のベッドでトゥーラン皇国の伯爵、カノン・エッカルト・ディ・シャントは叫びながら上半身を起こした。ゼエハアと荒く息をして額の汗を拭《ぬぐ》う。

「……また、あの夢……！」

まだ速い鼓動を落ち着かせて深呼吸をして……。それを三回ほど繰り返す。

水差しの水を飲むとだいぶ気持ちが落ち着いてきた。

「伯爵？　いかがなさいましたか……!?」

心配げな侍女の声が扉の向こうからする。カノンは努めて平静な声を出した。

「なんでもないの。目が覚めて、物を落としてしまって……、驚いただけ」

「お片付けを手伝いましょうか？」

「大丈夫。気にしないで」

侍女は、はいと従った。

扉から離れる気配がしたので、はあ、とカノンは大きなため息をつく。

先ほどまで見ていた夢を……、このところ二日と空けずに繰り返す悪夢を思い出して気分も、心も重い。時計を見るとまだ深夜。

あれはきっと、攻略対象の夢だな、と考える。暗赤色の髪の毛からすると、暴食を司《つかさど》る

「彼」だろう。カノンは夢の中で刺された感触が残る胸を押さえた。

昨日は喉《のど》だった。その前は腹……。悪夢の中、悪役令嬢であるカノン・エッカルトは「彼」が出てくるルートでは心中しようと口説《くど》かれて殺されるのだ、必ず。

頼むから一人で死んでほしい……。

「私には攻略対象に殺される夢を見なきゃならない義務でもあるのかな」

カノンは窓に指を押しつけて唸《うな》った。

カノン・エッカルトには前世の記憶がある。過去生では日本という国で平凡な暮らしを送っていた。その時代に楽しんでいたゲーム……。その物語の中の設定に、現世のカノンを取り巻く状況は酷似《こくじ》していた。

義妹《ヒロイン》に嫉妬《しっと》し、敵対するカノン。

カノンを愛さない父、その父が溺愛《できあい》する異母妹シャーロット、義妹に心を移した婚約者……。

やがてカノンは彼女から断罪されて不幸に死んでしまう理不尽なゲーム。運命から逃《のが》れるようにして王宮に来て、皇帝に仮初の恋人の座と仕事を与えられて一年と少し。

もはや元の家族からも、薄情な婚約者からも、惨《みじ》めな未来からも逃れたと思っていたのに！

「ロシェの時も、夢に見たあとに、出会ったのだったわ……」

ロシェ・クルガ、色欲の業を持つ美貌《びぼう》の神官とは、今は友好関係を築いている。カノンをゲームのシナリオのように断頭台に送ることはないと思う。

「──ひょっとしてこれから彼に会う未来があって、その予知夢なのかな」

「暴食」の業を持つ彼の冷たい目を思い出してカノンは身震いした。会いたくはない。

どうしたらいいのかと暗い思いでカノンはショールを肩にかけた。灯《あか》りを手にして、続きの間のさらに向こう、カノンのために皇帝ルーカスが設《しつら》えた書斎に向かう。眠れそうにない。

「仕事でもしようか」

暗い気分に浸って眠れないくらいならば、やるべきことをしたほうがいいかもしれない。カノンは脇《わき》机の上に置いた本を取った。

黒字に金の題字。表紙はエンボス加工が施されている。

裏表紙に描かれているのは前脚を上げ立ち上がった天馬──、最近、皇宮図書館の奥で見つけた魔力を孕《はら》む古い本だ。

おそらく古代語で書かれている魔術書なのだが内容がカノンには解読できない。

解読できないがために魔力は感じるのに仕掛けられた魔法が発動しないのだ。解読を進めよう、と図書室の扉を開いてカノンはそこに人を見つけて足を止めた。

図書室に置かれたソファに身体《からだ》を投げ出し、青年が眉間《みけん》に皺《しわ》を寄せて手にした書類を読んでいた。暖炉の火が明々《あかあか》と燃えていてルーカスの目をいっそう赤く見せている。

「ルカ様？」

声をかけると、抑えた銀色の髪をした青年は視線だけを動かした。トゥーラン皇国の皇族たる証《あかし》、赤い瞳がカノンをとらえる。

皇帝ルーカスは夜にふさわしく低い声でカノンに問うた。

「起こしたか？」

「いえ……、申し訳ありません。お邪魔をしました」

彼はサイドテーブルに書類を置いた。

ルーカスは、たまに自室を離れて「恋人」のカノンの部屋で夜を過ごす。さすがに女性の部屋に彼の部下は立ち入れない。しかし、カノンとルーカスは契約上の恋人関係だから彼は大体この書斎で仮眠を取る。──だからここは彼の避難先でもある。

「姫君の部屋なのだから、邪魔なのは俺《おれ》だろう。何があった」

カノンは言い淀んだが正直に明かした。隠しても大抵カノンの強がりはばれる。

「怖い夢を見たんです」

「どのような？」

手招かれてカノンはルーカスの隣に座った。湯を使ってそんなに経《た》っていないのか彼の髪が水気を含んでいる。それをなんだか触れたいような心地で眺め、衝動をやり過ごすためにカノンは手を握り込んだ。

──カノンが真実皇帝の恋人ならば、そうしただろうが、生憎《あいにく》とカノンはただの「仮初の契約恋人」だ。

絶大な権力を持つ皇帝ルーカスは、在位十年を迎えていまだ独身で「欠点らしいところがない彼の唯一の欠点は未婚なことだ」などと貴族たちには噂《うわさ》されている。

本人は内外から持ち込まれる婚姻話に嫌気がさしているらしく、風除《よ》けのための「恋人役」として白羽の矢がたったのが、カノンだった。

古き家門パージル伯爵家の当主グレアムと、皇族の傍系とはいえ後ろ盾もなかった母イレーネの子供として生まれたカノン・エッカルト。父親から冷遇されて皇宮に逃げてきたカノンは身分といい境遇といい、皇帝の「恋人」になるには好条件の娘だった。

過去十代、皇妃になったのは侯爵家の娘、皇族、外国の王族しかいない。

伯爵家の娘では「身分違い」になる。カノンは皇妃には推挙しづらく、しかし皇帝の寵姫《ちょうき》ゆえに疎《おろそ》かにもしづらいという絶妙な立場にいた。

契約で恋人になってから、もう一年以上、彼の側《そば》にいる。

「恐ろしいモノに追われる夢です」

追ってきたのが誰だったのかは伏せて夢の内容をかいつまんで話す。

皇帝は興味深そうに小首を傾《かし》げて話を聞いてくれる。

語り終えてからカノンは苦笑した。怖い夢で眠れないと訴えるなんて子供みたいだ。

「疲れていると何かに追われる夢を見るのだと、ミアシャ様に言われました。……なんだか目が覚めてしまって」

「ちょうどいい。眠れないなら手伝え」

「何を読んでいらしたのですか？」

「古代語の書簡だな。初代皇帝が書き残した手紙の写しが出てきた。読めるか？」

勤勉な皇帝は古代語の翻訳をしているらしい。

「少し。古代語は私よりもルカ様の方が得意なのでは？」

「まあな。だが、飽きた。……姫君が訳すのを見ている方が楽しい」

生欠伸《あくび》をして、ほら、と差し出される。訳せ、ということらしい。

カノンは辞書を棚から引っ張り出して、書類と睨《にら》み合った。

書き写した人物は古代語が得意なのだろうか。几帳面に写し取られた文字は教本のように見やすい。しかし古代語のうちでも、これは初期のものだ。手強《てごわ》いな、と思いつつ解読を試みていると、ルーカスが笑って指を伸ばしてきた。

「眉間に、皺」

「最近、ちょっと気にしているんです。指摘しないでください」

むう、とむくれるとルーカスは少し笑ってカノンを引き寄せて額に口づけた。

「働きすぎでは？　最近ずっと古代語を解読しようと図書館につめていただろう」

あやすような指が、少しの間、カノンの髪の毛を弄《もてあそ》ぶ。

「皇宮図書館の奥に保管されていた魔術書を解読中なのですが、魔術書の古代語がなかなか読めなくて。翻訳は本職の学者の方に依頼するにしても……せめて、どんな分野なのかは把握しておきたいんです」

「そんなに古いモノか？」

重要な機密が書いてあるから手を触れるなと何百年も前から保管されてきた本たちだ。そのうちの一冊、カノンが今調べているのは、文字が典型的な古代文字とは異なる。

いったい何の本なのかわからず、読むこともできない。

「おそらく五百年近く前の文字ではないかと」

カノンが魔術書を見せるとルーカスも首を傾げた。

魔術書には大きく分けて四つの種類がある。

本自体が魔力を宿し、手にするだけで強力な魔法が発動する禁書とよばれるもの。二つ目は本に魔術が刻まれたもの、魔力のある人間が開くと、魔法が発動する。三つ目が、魔法は付与されていないが、魔力のある人間しか読めない本。最後に、魔術について知識が書かれた本。

これは二つ目だ、と思うのだが。

「確かに古代文字のようだが形状が異なるな。時代がもっと前か、使用地域が違うのか……」

ルーカスはそれから「眠い」と呟《つぶや》いてカノンの肩に頭を載せる。

「ルカ様こそ、ご公務が忙しいのでは？」

「姫君ほどでもない。――口うるさい奴《やつ》らが、いつにも増してうるさいだけだ」

今度はルーカスの眉間に皺が寄る。

どんなことが彼を悩ませているのだろうか。カノンがそっと彼の眉間に手を伸ばすと、皇帝はされるがままになっている。

威圧感のある男だが、カノンの前ではルーカスはつとめて鷹揚《おうよう》に振る舞っている。

本音を見せないルーカスが腹立たしいような、――多少は特別に扱われているのがくすぐったいような妙な心地だ。

「どうかしたか？」

赤い瞳がカノンを窺《うかが》う。

カノンは首を振って、今度は逆にルーカスの肩に頭を預けた。

他人の体温が側にあることに安心する。

その一方で、脳内で冷静な自分が囁《ささや》く。己は仮初の恋人、ただの被雇用者なのだ、と。

「姫君が好ましい」とルーカスは言ってくれたけれど、やはりこれ以上彼に甘えてはいけないと思う。きっと引き返せなくなって、失った時に立ち上がれなくなる。

目を閉じてルーカスの鼓動の音を聞きながら、カノンはいつの間にか眠りに落ちた。

★第一章　円卓と思惑

「では、東部の被害については終息に向かったと？」

カン、──と。

男が筆記具の柄で卓を叩《たた》き、広くはない室内に乾いた音が響き渡った。

「終息、というより回復できなかった患者があらかた消えた、と言った方が適切ではありますが。もはや心配はございません。じきに皆回復いたしますのでどうかご安心くださいませ」

青年の報告を受け、抑えた色味の銀の髪に赤い瞳《ひとみ》をしたトゥーラン皇国の皇帝はふむ、と鷹《おう》揚《よう》に頷《うなず》き、青年が続けた。

「皇都から視察を送っていただくほどでもありません」

隣に坐《ざ》した女性が眉《まゆ》を顰《ひそ》めた。青年の軽薄な台詞《セリフ》を表情一つ変えずに批判する。

「住民に向かって『あらかた消えた』とは、ずいぶん皮肉なもの言いをする。あなたの父上が聞いたら嘆くだろうな」

言葉を受けた青年は忌まわしそうな視線と苛立《いらだ》ちを隠しもせずに女性に向けた。

「事実を述べただけだ。言葉尻《じり》を捉えて揚げ足を取らないでもらおう。被害は発生したが患者は快方に向かい、拡大は抑えられた。我がラオ侯爵家の手腕は評価されるべきだ──父も病床で喜んでいる」

ふん、と女性は鼻で笑う。

「その父君は今、どこにいらっしゃる？　まだ議会に出られないのか？　セネカ・ラオ」

「――快癒《かいゆ》すれば顔を出す。ヴィステリオン侯爵。あなたは私がここにいるのが不満なのか」

報告者である赤髪の青年貴族の言葉を受けて、貴族たちは各々、様々な感情をのせて視線を彷徨《さまよ》わせた。

トゥーラン皇国の首都、ルメク。皇帝が住まう宮殿はルメクを一望できる高台にあり、主に七つの宮と役人たちが働く施設から成り立つ。

宮殿は高い壁に囲まれ、皇宮の奥、内宮へ出入りする者は限られる。外宮と内宮の間に皇帝と高位貴族が国の運営を話し合う議場が存在し、彼らは現在、そこで議論を交わしていた。

月に数回開かれる通称「議会」の本日の主な議題は東部の地震の被害状況とその支援金の拠出についてだ。

ヴィステリオン侯爵と呼ばれた女はセネカ・ラオの質問は無視し、なおも己の意見を述べた。

「そもそも東部のそれは本当になにかの中毒なのか？」

女性の軽口に、セネカは鼻白む。

苛立たしげに机を叩く右手の中指には武骨な指輪がはまっている。指輪に刻まれた意匠は天馬と花。ラオ侯爵家の家紋だ。

「そうだと言っている。地震で崖が崩れた。それが原因で崖の内部にあったなにかの鉱物から毒が発生した。——近隣の住民は毒にあてられて被害を受けている。それになんの不思議があると？」

「初期症状が『食物が口にできなくなること』とは。中毒というより病のようではないか？」

数か月前。東部に中程度の地震が起き、ガゼノアという街の外れで崖が崩れた。

地震による被害はそれだけと思われたが、数日後、崖の近隣の村で一人の死者が出た。

若く健康な男性がある日を境に衰弱し、全身が青くなり——やがて衰弱死したのだ。

それからぽつぽつと同じ症状に悩まされる人間が現れ始めた。

患者たちは最初、食欲を失う。

次に高熱にうなされ、次第に衰弱して死に至る……。

患者の肌が青くなることから「青皮病」と呼ばれたこの症状は患者が発生する地域が崖の近隣に限定されていたためになんらかの中毒だと判断された。毒に冒された人々は怯《おび》えたが、東国から輸入した解毒薬が素晴らしくよく効いて、今ではほとんどの患者が回復に向かいつつあるという。

「我が家門の一つであるランベール子爵家の運営する商会が手配した解毒薬が、覿面《てきめん》に効いたのだ。大規模な被害になる前に我々が抑え込んだのです」

自慢げに繰り返す様子が気に入らなかったのか金髪の女性、ヴィステリオン侯爵が鼻を鳴らす。

「肌が青くなる中毒などとは、まるで呪《のろ》われたようでもあるな」

青年貴族は神経質に頬《ほお》を引き攣《つ》らせた。

「ハッ、呪いなどとは。ヴィステリオン女侯爵は迷信の類《たぐい》がお好きだな」

青年貴族の揶揄《やゆ》に女性はぴくり、と片眉を跳ね上げた。

「私が何だと？　聞き捨てならないな、坊や。ラオ小侯爵よ。もう一度大声で言え」

「坊やだと……？」

「そもそも正式な侯爵でもないそなたが議会にいるのがおかしい。疾《と》く父君をお呼びせよ」

「私は正式な父の代理だ！　なんの文句が！」

「ヴィステリオン侯爵、ラオ小侯爵。――二人ともやめよ。陛下の御前だ」

二人の間に老人が割って入る。

居並ぶ高位貴族たちの幾人かは老人に同意し、幾人かはささやかな諍《いさか》いから目を逸《そ》らした。

老人は二人をなだめると議題を次に移す。

議会はトゥーラン皇国の侯爵および伯爵のうち選抜された二十家門の代表者からなる。議員たちの話を聞いていた皇帝は本日の議題には異論がなかったようで、予算については案通りに裁可をくだした。

「東部の崖崩れについてだが、再び毒物が出てこないとも限らない。安全性を確認でき次第特使を送る。——準備せよ」

「陛下の御意に従います。現地の状況が整うまでお時間をいただきたく……」

「いいだろう」

皇帝がぐるりと円卓を囲んだ貴族たちに一瞥《いちべつ》をくれ、「終わりだ」と告げようとすると、白髪の老人、セルヴァン侯爵が口を開いた。

「皇国のいと高き方、我らが皇帝陛下にご進言申しあげたきことがいまひとつございます」

皇帝の背後に控えた騎士、ラウルとシュートがちらりと目配せを交わす。

「許す、話せ」

小柄な老人は窪《くぼ》んだ目を開きながら皇帝を見上げた。

「先帝の崩御から十年です。神殿から慰霊祭をどうするかと伺いが来ております」

「……十年経《た》つからと、慰霊をせねばならぬというものでもない。金もかかる。——東部が安全だと確信が持てるまでは慰霊祭はなしだ」

にべもなく切り捨てた皇帝に、今度は別の者が食い下がった。

金色の髪をすっきりと短髪に切りそろえた女性は青い目を細めて穏やかに尋ねた。先ほど、ラオ小侯爵と言葉を交わしていたヴィステリオン侯爵だ。

「では、陛下の即位十年を祝う式典はいかがでしょう。慰霊祭よりも小規模で済みます。皇国は盤石だと民に広く知らしめるよい機会です。そこでご婚約を発表なさるというのは？」

「式典については次回にでも奏上せよ」

ルーカスは侯爵の提案を却下した。

「ついでにいえば生憎《あいにく》と俺《おれ》に婚約の予定はない、ヴィステリオン」

皇帝の醸し出す不機嫌にも怯《ひる》まず、ヴィステリオン侯爵フリーダは悲しげに肩を竦《すく》めた。

「陛下はそれでよろしいかもしれませんが、花の盛りは短いものです。めでたいこともそうでないことも早いうちが良いかと。姫君たちのためにも」

先ほどまで彼女と対立していたセネカ・ラオも渡りに船とばかりに顔を輝かせる。

「我が妹ミアシャは皇妃として家格も人格も申し分ないかと。……ああ、無論、パージル伯爵令嬢を遠ざける必要はありませぬ。玉座は多様な花が彩られてしかるべし、でしょう」

皇帝の背後で、近衛《このえ》騎士のラウルが視線を剣呑《けんのん》に光らせた。

話題に挙げられたカノン・エッカルトはパージル伯爵令嬢ではなくシャント伯爵だ。

反論しかけた騎士は、隣の同僚からのいさめる視線を感じてぐっと口を噤《つぐ》む。ここでは議員以外の発言は許されていない。

「姫君たちを花に喩《たと》えるか」

「どちらも美しい花でございますとも。陛下の婚姻は平和の証《あかし》。我ら臣民を安心させてくださいませ」

妹と伯爵を無邪気に誉めそやすセネカ・ラオを冷たく見て、ルーカスは薄く笑った。

「卿の安心のために結婚をせよ、と？」

皇帝の笑顔とは裏腹の低い声に、目に見えてセネカ・ラオが怯む。

「陛下、決してそのようなことでは……」

話の行方を黙って眺めていた壮年の男性が口を挟む。議会のメンバーの一人であり、宰相でもあるハイリケ侯爵だった。

「陛下、そろそろ次のご予定が」

その言葉を幸い、とルーカスは立ち上がる。

「卿らの心配ももっともだ。結婚はする。そのうちな」

「陛下」

「以上だ」

不満げなセネカ・ラオに視線もくれずに部屋を出ようとした皇帝は、護衛のシュート卿とラウルに何事か命じてハイリケと共に議場を後にした。セネカ・ラオは不満を隠しもせずに足音高く議場を後にし、若い議員たちが彼をなだめるように複数人ついていく。

やれやれ、と、皇帝の信頼篤き近衛騎士シュートは議場を出ていく貴族たちを見送ってため息をついた。

議場に最後まで残っていたヴィステリオン侯爵フリーダはシュートの前で立ち止まると、右手を伸ばして彼の顎《あご》をむんずと掴《つか》んだ。

怒りをにじませながらシュートの名を吐き捨てるように呼ぶ。

「シューティリアス！」

「はい、なんでしょうか閣下……。姉上」

シュートは渋々、口を開いた。

「……図体《ずうたい》ばかりでかくなって腹が立つな。姉を見下ろすな！」

「……理不尽な。姉上が身長を伸ばせばよかったでしょう」

皇国一の呼び声高い剣士はヴィステリオン家の四子、三男である。

彼は困ったように眉根を寄せて姉たる侯爵を見下ろした。

姉の指にはめられたヴィステリオンの象徴たるオオカミの紋章までがシュートを睨《にら》んでいる。

ヴィステリオン侯爵家は建国以来皇家に忠誠を誓う貴族の中でも最古参の名家だ。

初代の誓約により性別にかかわらず長子が爵位を継ぐ家で、三つ子として生まれた彼女は三つ子の他の二人（シュートの兄だ）が早々に「自分たちは一番先には生まれていない」と主張したことで現在は侯爵位にある。

婚姻し、二児の母となってもなお、微塵も人格的が丸くなっていない苛烈卿フリーダは弟相手に目を吊《つ》り上げた。

「いい加減、ルカ様の肚《はら》を決めさせろ！　シャント伯爵との仲は良好なのだろう」

「姉上、……私は陛下の護衛であり剣です。陛下に伴侶《はんりょ》を薦める権限などはございません」

口ごたえすると姉の目つきがいっそう剣呑になる。

「最悪、婚儀より先に子がいてもいい」

「お二人のことに臣下が口を出すなど。不敬ですよ」

シュートが肩を竦めると話にならない、とフリーダは弟の顎を解放した。

「先日も、徒党を組んだ不届き者がルーカス様の馬車や近衛の騎士を襲おうとした。奴《やつ》らはよく斬れる黒鉱石で馬車を襲ったらしいな？」

「さすが、お耳が早い」

皇国には古代帝国の遺産といわれる黒鉱石――魔力の籠《こも》った石だ――がある。

北方でのみ産出される黒鉱石は通常、魔力を弾《はじ》く身守りとして重宝されるが特殊な製法で鍛えれば武器として使える。

製錬には皇宮の許可がいるが……。何せ通常の鉄剣の十分の一の重さで十倍はよく斬れるというのだ。市場に出回ってよい品ではない。

危険物ともいえる黒鉱石が、どこかで勝手に採掘され武器を作られているというのは由々《ゆゆ》しき事態だ。

「もしも陛下に何かあれば皇国は滅び、玉座があのコーンウォルに転がり込むのだぞ？」

現在、皇家の継承権を持つ皇族はわずかに二人。

謀反《むほん》の咎《とが》で幽閉されている皇帝の叔父コーンウォル卿と、未亡人のヴァレリア皇女のみ。

皇女に前夫との子はいなかったので、本当にそれだけなのだ。

「セネカ・ラオは嫌いだが、ミアシャ・ラオ嬢はアレの妹にしてはマシだ。陛下がどちらか決めかねているのならば二人とも妻とし子を産んだ方を皇妃に、もう一人を側室にすれば良い。そう進言せよ」

「してもいいですが、次の瞬間、あなたの愛《いと》しい弟の首は胴体と離れてしまいますよ」

「それで陛下が心を決めてくれるならば安いもの。首は大事に弔ってやる」

「いやいやいや。胴体も置き去りにせずに丁重に埋葬してください。かわいそうでしょ？」

嘆く弟を一瞥し、姉は再度弟に言いつけた。

「コーンウォルを殺そうにも、皇位継承者の第一位は処刑できぬのが国法だ。……私は堂々とあの裏切り者を始末したい。ルーカス様の御代《みよ》の安定のためにも。弟よ、おまえは何のために陛下に仕えているのかもう一度考えよ。……よいな」

一方的に姉は命じて、議場を後にする。

やれやれ、とシュートは肩を竦めた。

一連の流れを黙して見守っていたラウルはシュートに尋ねた。

「侯爵閣下の意見を陛下に伝えるつもりか。シューティリアス」

シュートの本名はシューティリアス・トゥール・フォン・ヴィステリオンという。

シュートはルーカスが幼少の頃《ころ》から側《そば》に仕えているが、皇太子時代のルーカスが「シューティリアスというのは長くて呼びづらい」というので、いつの間にかシュートになった。公式な書面もすべてシュートで通しているので近衛騎士の中でも本名を覚えている者は少ないだろう。

ラウルは小さい頃からシュートを知っているので二人きりの時には本名を呼ぶが。

「言ってもいいけど、陛下は鼻で笑って終わりだろう。ご本人が望まないことを勧めたって、拗《す》ねるだけだろう?」

「この件ばかりは私もヴィステリオン侯爵に賛成だ。カノン様は皇妃として申し分ない!

……陛下は何を迷っておられるのか……」

「ラウルはカノン様に心酔しているから、評価が甘い」

シュートの言葉にラウルが無言でわき腹を殴ってきた。本気だったらしくものすごく痛い。

「……痛。ひどい……」

「この恩知らずが！ 我が近衛騎士団も恩恵を受けているではないか」

「それは、まあ……」

古今東西の蔵書に詳しい姫君は、薬草や動物由来の薬にも造詣《ぞうけい》が深い。

騎士団の訓練には付き物の打撲や切り傷、傷由来の発熱に効果のある治療薬などの文献を見つけてくれて「実験だから」と各騎士団に支給するよう手配してくれた。

騎士団には無論、治癒《ちゆ》の異能を持つ神官や医者が常駐してはいるが、彼らは大きな怪我《けが》から優先して治癒するため、些細《ささい》な怪我は自然治癒もしくは自費で医官を探すか、なのだ。

それが自分たちで治療できるようになった。

――果てには筋肉痛に効くという薬草を煎じ、油紙で挟んだ簡易の湿布薬の作り方まで共有してくれたがゆえに、あまり裕福でない家門出身の若い騎士たちからはカノン本人のあずかり知らぬところで絶大に感謝されている。

あいつら筋肉痛ですぐに動けなくなるからなー、とシュートは苦笑した。

シュート自身はキリアン曰《いわ》く「鉄でできているのか君は」と言われる頑健さなので直接の恩恵は受けていないが、若い団員たちを指導する立場としては非常にありがたい。

「カノン様……、シャント伯爵が有能な方だという事実と皇妃になるべきか、というのは全く別のことだからなあ」

聡明で勤勉、たまに意固地《いこじ》で無茶をするが基本的に善良なご令嬢を思い浮かべる。

彼女が皇妃にふさわしいかはシュートにはわからない。カノン・エッカルトは伯爵だから皇妃になるには少し家格が劣る。まあそれ自体は皇帝にとっては大した問題ではなかろう。

主たる皇帝が煮え切らないのは――皇帝の本音を推し量るのは不敬だが――、彼女を彼が取り巻かれている諸々に巻き込んでも良いのか、彼にしては非常に珍しいことに二の足を踏んでいるのかも、とは思う。

「ろくでもない環境だしな」

皇宮は権謀術数《けんぼうじゅっすう》うずまく魔窟だ。皇妃として暮らすより皇帝の信頼厚き部下として庇護《ひご》されながら過ごす方が幸せな場合だってある。

「カノン様はよき方だが、彼女の人格は俺にとっては意味をもたないんだよ、ラウル。皇族がルーカス様の代で終わったとしても別に俺は構わない」

物騒なことを口にした同輩をラウルがギョッと見る。

「ルーカス様が望むのならばそこら辺の村娘や老婆が皇妃になっても構わないし、皇帝業に飽きたら俺も近衛を辞める」

ラウルは「皇帝ルーカス」を尊敬してやまないだろうが、シュートはルーカス個人に剣を捧《ささ》げているので、彼が盗賊の頭《かしら》になりたいと望めばそちらに仕える。それで皇族がひいては皇国が滅ぶなら、それは仕方がないこと。己にとってはルーカスの言葉が絶対でそれは揺らぐことがないのだ。皇国と皇族第一の姉はそこを勘違いしている。

シュートの言葉に、ラウルはチッと鋭く舌打ちをした。

「付き合いが長いからといって己の方がルーカス様への愛が大きいと自惚《うぬぼ》れるなよ、シューティリアス。私は皇帝たるルーカス様を敬愛していて、ルーカス様が皇位を手放すはずがないと知っているのだ」

「はいはい。もー、怖いなあ。俺の方がずいぶん年上だってたまには思い出してくれよ？　それはそうと、ラウル。俺を睨むよりも、ミアシャ殿を心配した方がいいのでは？」

「ミアシャ殿を？」

「君たちは幼馴染《おさななじみ》だろう？　彼女、あの兄君に呼び出されているようだぞ」

ラウルは口を引き結んだ。

ラウルもミアシャも侯爵家の子女で領地も皇都での屋敷の距離も近い。

子供の頃から互いの家の人間関係の事情には詳しいはずだ。それに彼らは昔からよく一緒に遊んでいたはず。

シュートが何か言う前に性別不詳の騎士は「雑用を思い出した」と踵《きびす》を返した。

やれやれ、とシュートは同僚を見送った。

一人取り残された議場で貴族というのは面倒だな、と自身も含めてため息をついた。それでもシュートはマシな方だ。

皇国ならびに皇帝への忠誠心厚い姉と結びつきが強すぎて彼女にとって代わろうなどとは露ほども思わない兄が二人。さらに弟妹もそれぞれすくすくと育っている。ヴィステリオンの一族の結びつきの強さは異常だが、おかげでシュートは好き勝手に己の主人のことだけ考えていればいいので気楽なものだ。――争わない血族が多いというのは貴族にとっては何よりのことだ。数少ない血族が互いを信用していない皇族とは真逆の状況だろう。

「陛下が結婚しないと皇家は滅びるか。……ルーカス様がそれを望んでいなきゃいいが」

同じ頃。

皇宮に与えられたラオ侯爵の私室にはルーカスの妃《きさき》候補の最有力にして、皇太后《こうたいごう》ダフィネの侍女、ミアシャ・ラオが兄に呼び出されていた。

美しく着飾った妹は花のような笑顔で、兄に挨拶《あいさつ》をした。

「兄上、ご機嫌麗しく。東部はいかがですか……」

「麗しいわけがないだろう！　東部のことなど、お前には何もわからないくせに尋ねるのではない！」

激昂《げっこう》した手が机の上を薙《な》ぎ払う。

ガチャン!!　大きな音を立てて陶器のカップが床に落ちて粉々になった。ミアシャは花のような笑顔のまま首を傾《かし》げた。

「お気に入りのカップとお茶でしたのに。――お気に召しませんか？」

「笑うな！」

セネカはミアシャに手に持っていた紙を叩きつけた。束ねられたそれがバラバラと床に散る。

ばさばさと床に落ちた印刷物をミアシャは黙って拾った。

――頑健な父が床《とこ》につき侯爵の代理として活動している兄が……念願の権力を持った兄が不機嫌な理由がわかった。

投げつけられたのは最近、ルメクで流行している新聞だ。

どこの誰《だれ》が貴重な紙やインクを使って印刷して出しているかは知らないが、月に一度か二度国内の出来事や皇都での醜聞が面白おかしく書かれているらしい。読み物にはつい最近皇女ヴァレリアが開いた夜会や、皇帝とその恋人についての噂《うわさ》が書かれているという。

皇帝陛下をめぐる女の争いに敗れたというのに「未《いま》だ厚かましく皇太后の庇護下にある、とある侯爵令嬢」について悪質な言及がある、とミアシャの侍女が報告してくれた。

みじめな、そして「美貌《びぼう》では勝つかもしれないが知性ではカノン・エッカルトに劣る」ミアシャ・ラオ、と書かれていたらしい。

「パージル家は古い家だが今は落ちぶれている。カノン・エッカルトは皇族の血を引くとはいえ銀髪でも赤い瞳でもない。しょせんは傍系だろう！　皇妃には侯爵家以上の者がなるのが慣例。ラオ侯爵家のお前が負けることなどあってはならない！　いいか。どんな手を使ってもいい。皇帝を籠絡《ろうらく》しろ」

「……はい、お兄様」

拾えと命じられるままミアシャは散らばった書類を、心を無にして拾った。ふん、とセネカは鼻を鳴らす。

「お前は美しく、由緒正しい家柄の娘だ。だから魔力が無い、文字もろくに読めない、出来損ないのお前に淑女教育を施してやったのだ。その恩を生涯忘れるなよ」

ミアシャは唇を噛《か》んだ。それを与えてくれたのは兄ではない。父だ。

「それで父上の具合は……」

「お前が知る必要はない。早く拾え」

数か月前に突然倒れた父はいまだに病床にあり、しかも兄以外の家族は父に会えていない……。

どこにいるのかさえ、ミアシャには関係ないことだと知らされずにいる。

ミアシャは拾い終えた紙の束を机に戻す。そのまま立たされて一時間近く非難され、ようやく部屋を追い出されたときには夕暮れが近づいていた。

「ミ、っアシャちゃーん！」

間抜けで可愛《かわい》い声が聞こえてきて足を止めると、珍しく速い動きで白猫が駆けてくるところだった。

ぴょい、っと飛んできた皇太后の白猫、ジェジェを抱きしめると、以前よりいくらか軽い。

最近、魚の干物がマイブームと嘯《うそぶ》いていた霊獣ジェジェは、最近できた彼の義理の娘にして皇太后の侍女見習い、通称猫係のセシリアの献身のおかげかずいぶんスリムになったが、ホワホワとした毛だけは変わらない。

「ダフィネのところ帰ろーって、ミアシャちゃん、元気ないじゃん！　誰かに虐《いじ》められた？」

ごろごろと喉を鳴らす猫の目がまっすぐにミアシャを見上げる。霊獣は妙なところで鋭い。

「兄に叱《しか》られただけです。昔から口うるさい人なんです」

父は娘にそれなりに甘い。

だからミアシャが皇帝の側近くにいても父の望むような「成果」をあげないことをふがいないと叱りつつも、なんだかんだと皇太后の元にいるのを許していたのだ。

だが、女嫌いで権力志向の強い兄はどうだろうか……。

暗い気持ちでミアシャは歩みを止め、進行方向に人影を見つけて眉を顰める。

移り気な白猫は「ラウルじゃん！」と喜んで、騎士服の人物に飛び移った。

「ラウル卿、ごきげんよう」

「ご機嫌麗しく、ラオ侯爵令嬢。……兄君が来られたとか……。その、どんな話を？」

ラウルは気遣うような口調でミアシャに尋ねた。

最悪だった気分が最悪を更新する。彼が、……いやラウルがミアシャの大切な友人だったのはもう十年近くも前の話だ。今は違う。

今更親し気に話しかけてこないでほしい。

「あなたの大好きな陛下を誘惑するために、カノンを排除しろ、って命じられたわ」

「なっ」

ラウルの瞳に確かに浮かんだ敵意を、ミアシャは鼻で笑った。

「……嘘《うそ》よ、馬鹿ね。仮にそう私が命じられたらあなたはどうするの？　ラウル」

「……私は、カノン様をお守りする……」

「ならば、あなたの大事な姫君の敵になりそうな私に声などかけないで。私は確かに皇妃ではないけれど。騎士にも侍女にもなれていないあなたに同情されるほど、可哀《かわい》そうじゃない」

ラウルが一瞬怒り、続いてひどく悲しげな顔をした。

ミアシャは口の端を吊り上げてラウルを嗤《わら》い、手をヒラヒラと振った。

やり込めた愉快な気持ちで騎士の隣を通り過ぎ、数歩も歩かないうちに謝りたくて死にたい気分になった。

けれど口から出た言葉は戻せないし、振り向いて許しを請うには意気地が足りなすぎた。だけど、ラウルだって悪い。

小さい頃は『ミアシャは一番の仲良しだよ』なんて天使みたいな顔をしてミアシャを弄《もてあそ》んだくせに、いつのまにか家を出てミアシャのこともあっさり忘れて、大好きな皇帝と、大好きな姫君と毎日楽しそうに暮らしている。

それなのに、今更、ミアシャのことを思い出したような顔をして気まぐれに同情なんてしないでほしい。

足早に過ぎ去って誰もいないところでしゃがみ込むと、追いかけてきてくれたのかジェジェが前足でポンポンと頭を叩く。

「愁嘆場とかやめてよ、ミアシャちゃん！　僕、暗いのは嫌なんだから！」

ぷんすか気楽に怒っている白猫に、ミアシャはひどいわと口を尖《とが》らせた。熱くなったはずの目から涙は零《こぼ》れなかった。泣く前に涙を引っ込めるのはいつのまにやらミアシャの特技だ。

「ねえ、ジェジェ様。カノンには悪いけれど私はやっぱり皇妃になりたいわ」

「げっ、ルーカスの嫁なんか目指すの⁉　やめなよ。あいつ性格悪いよ！」

ミアシャは笑った。

「あら、不敬で捕まるわよ、ジェジェ様……！　だけど私は皇帝の伴侶になりたいの。別にルーカス様じゃなくたっていい。相手が皇帝ならお飾りでいい……。後宮の一室に閉じ込められても、仕事だけ押し付けられたって構わない」

困り顔のジェジェに愚痴りながらミアシャは笑った。

「家に帰りたくないのよ。皇太后様から侍女の任を解かれて家に帰ったら……、兄から陽《ひ》の差さない地下の部屋に押し込められるわ。それとも因業爺《いんごうじじい》に売り飛ばされるかしら。――私には自由がない」

「そんな家、さっさと逃げたらいいんじゃなーい？」

「そうね、ジェジェ様……。それもいいかも」

ミアシャがジェジェの柔らかな毛並みを楽しんでいると誰かの足音が聞こえてきた。

それが誰なのか気づいて、ミアシャは慌てて立ち上がる。

足音の主を見て、ジェジェはニャー！　と全身の毛を逆立て、全速力で逃げた。

「先客がいたわわね？」

「御無礼を、皇女殿下」

ミアシャは裏切って逃げたジェジェを憎らしく思いながら頭を下げた。

銀色の髪と、苺《いちご》のような赤い瞳を持った美しい女は柔らかく微笑《ほほえ》む。

「悲しいことがあったの？　可愛いミアシャ」

蜂蜜《はちみつ》よりも甘い声が問いかける。

ミアシャは微笑んでやり過ごそうとしたが、皇女に楽しげに差し出された新聞記事に眉を顰めた。

『哀れな侯爵令嬢』

『壁の花』

『美しさではともかく、知性では司書姫に劣る』

長い文章を読むのは不得意だが、拡大され強調された文字だけはあざやかに目に飛び込んでくる。発行者はどんな顔をしてこれを書いたのだろう。ミアシャが傷ついたことを知って、せめてしてやったり、と喜んでくれるだろうか。

「あなたもこれを読んだの？」

「私は長い文章を読むのが苦手なのです、皇女殿下。なにやら、私に意地悪なことが書かれているようですが」

はにかむと、皇女はころころと鈴を転がすような声音で笑う。

「あなたの兄上にこれをあげたのは私。優しい兄上ね。あなたへの侮辱に対して、顔を真っ赤にして怒っていたわ」

ヴァレリアはミアシャの耳元で囁《ささや》いた。

「私とあなたは気が合うと思うわ。ミアシャ・ラオ。あなたのお兄様とも。お兄様とはあなたのお父様とよりもずっと仲良しになったの」

「……父より、ですか」

ミアシャはのろのろと顔を上げた。

「私も皇妃にはあなたが似つかわしいと思うわ」

ミアシャが何も答えずに目を伏せていると、皇女は可憐《かれん》な指でミアシャの黒髪を耳にかけた。

「思慮深い子は大好き。……ねえ、ミアシャ。ルーカスはあなたを助けてはくれないわ。カノン・エッカルトが大事ですもの。彼に嫌われた者同士、傷を舐《な》め合いましょう？　私は甥《おい》よりも優しいわ」

ねえ？　と柔らかに微笑む皇女の手を思わず取ってしまう。

「義母上の部屋へ戻るのでしょう？　――その前に一緒にお茶でもいかが？」

皇女は柔らかく微笑み、ミアシャは皇女につき従った。

「ラウルは実家に帰省しており、まだ戻ってはおりません。数日後には戻ってくるとは思うのですが」

近衛騎士、シュート卿の説明を受けながらカノン・エッカルト・ディ・シャントは残念、と肩を落とした。朝起きたらいつもカノンに挨拶に来てくれるラウルがいなかった。

不思議に思って尋ねると「急な用事」で帰省したという。

「ラウルの代わりにしばらく私が護衛となります。いたりませんが、何とぞご容赦を」

シュートがカノンをなだめるように笑った。彼の足元には真っ白な毛並みの猫ジェジェがいて、何か言いたげにカノンを見たが、なにやら考え込むようにナオンと鳴いてテーブルの下で丸まる。

「とんでもない！　……シュート卿が私の側にいると、ルカ様は寂しがらない？」

カノンが尋ねるとシュートは肩を竦めた。

「残念ながら、羽を伸ばせると喜んでおいででしたよ。私は口うるさいらしいので」

カノンはくすくすと笑った。

ルーカスは嫌がるがこの騎士とルーカスは気安い。兄弟のようだと思わなくもない。

「では、どうか数日よろしくお願いします。ちょうど茶葉をもらったの。一緒にいかが？」

ラウルは茶が好きだ。

機嫌伺いにと義弟にしてパージル伯爵代理のレヴィナスが持ってきてくれた茶を一緒に楽しみたかった。

——カノンの客間には二人青年が顔を突き合わせていた。

そのうちの一人レヴィナスが茶を注《つ》ぎながらカノンを窺う。

「ラウル卿の代わりにラオ侯爵令嬢をお誘いにはならないのですか？」

「誘おうと思ったんだけど、時期が悪いかもって」

何やら市井《しせい》では皇帝が即位十年を前にして、そろそろ婚約をするともっぱらの噂のようだ。

カノンか、ミアシャか。彼がどちらを選ぶのか、二人の女が火花を散らしていると外野は好き勝手に噂する。

ミアシャ本人はともかく彼女の周囲をあおるようなことはしたくない。

「素晴らしいお気遣いだと思います。さすがカノン様はお優しい」

もう一人の青年、神官服に身を包んだロシェ・クルガは微笑んだ。

皇帝陛下付きの神官はカノンのことを親しく名前で呼ぶ。貴族の未婚女性を名前で呼ぶのは不敬だろうが、この神官だけはなぜか特別に許されている気配があった。

顔がいいって得だよね、とカノンはちょっと遠い目をする。

色欲の業を持ち、そもそも攻略対象でカノンの敵であったはずの彼とは、二か月ほど前に起きた事件で知り合った。紆余曲折《うよきょくせつ》あって皇帝に恭順した彼は三日に一度はカノンの機嫌伺いにやってきては、他愛のない話をして帰っていく。

「ロシェ・クルガ神官。神職が仕事を放棄して茶など飲んでいていいのですか？　仕事に戻っては？」

レヴィナスが眉間《みけん》に皺《しわ》を寄せた。

「伯爵の心の重荷を軽くしてさしあげるのが私の勤めですので。本分というならばレヴィナス君、君は大学生でしょう？　さっさと帰って、お勉強をした方がいいですよ？」

――義弟と神官はゲームの中でも、現実でもなぜか仲が悪い。

カノンは、どうしたものかと虚空を見つめた。

「図書館の帰りに館長である義姉上に会うのは自然の流れでしょう！　……義姉上が図書館の司書になってから皇宮図書館が使いやすくなったと、大学の同級生も皆感謝しています」

義弟の誉め言葉は素直に嬉《うれ》しい。

「レヴィが友人に広めてくれたおかげね」

今までは暗黙の了解で一部の貴族しか出入りしていなかった皇都の皇宮図書館は、いまや多くの貴族や大学生が出入りするようになった。

さすがに庶民が気軽に……とまではいかないが質素な身なりの利用者も増えた。

カノンの就任前に比べれば月の利用者数は十倍にはなるだろう。

「義姉上は図書館の業務に忙しい。後宮に居座って陛下を取り合いラオ侯爵令嬢と姉上が剣呑だというのが真実ではない、と僕は知っていますよ」

「ありがとう、レヴィ」

そもそもルーカスを取り合ってもいない。カノンは所詮、ルーカスの仮初の恋人だ。

自分にそう言い聞かせて、カノンはちくりと痛む胸を押さえた。

――けれど、と義弟は続けた。

労《いた》わるような声で優しくカノンを諭《さと》す。

「皇宮は恐ろしい場所です。義姉上が皇宮を離れてしばらく伯爵家にお帰りになっても良い、と思います。……つい先日も義姉上とミアシャ様どちらを支持するか、議会で議論になったと聞きましたし」

「議会で？　初耳だわ」

高位貴族たちが集まる場所で己の名が出てくるという現実に身が竦む。

「陛下の婚姻は常に話題になると聞きます」

カノンはカップの中の揺れる液体に視線を落とした。どちらが皇妃にふさわしいかなんて、そんなのミアシャに決まっている。彼女ならば皇妃として家柄も人柄も問題ないだろう。

「……僕は、義姉上がお疲れでないかと心配なのです。一度伯爵家へ戻ってのんびりと過ごされませんか？　義父上は西の別荘地に長期で滞在して、しばらくは帰ってこないでしょう」

カノンと険悪な関係の実父グレアムは数か月前に皇帝の不興を買ってひと月ほど謹慎していた。謹慎がとけたあとも義弟を伯爵代理として任命したまま別荘地に引きこもっている。実質レヴィナスが当主になった伯爵家は確かにカノンにとっては過ごしやすい。

優しい義弟の言葉にカノンが答えあぐねていると、神官がふっと笑った。

「――伯爵代理は口がうまくていらっしゃる」

「どういう意味です？」

「甘く優しい言葉が、常に対象に寄り添うとは限らないな、と思いまして。カノン様、心地よい音に騙《だま》されてはいけませんよ？　すべての優しい言葉があなたを思うものではない」

「……家族の問題に、部外者が口を挟まないでいただきたい」

レヴィナスの声に、険が混じる。

対するロシェ・クルガは穏やかな口調で返した。

「辛辣《しんらつ》ですね。私は、今はともかく家族とは縁が薄かったもので。機微が理解できずに申し訳ありません……」

ロシェ・クルガが孤児院の出なのは有名な話だ。

レヴィナスは言葉に詰まった。

「レヴィナス様、そろそろお時間のようですよ」

二人の間に流れる険悪な雰囲気に気づかないふりでシュートが割って入る。

レヴィナスはこのあと大学に行く予定だったのだ。義弟はそうでした、と言って名残惜《なごりお》しげに立ち上がる。

カノンが義弟を追って扉の前まで追っていくとカノンの手に口づけて別れを告げた。

「今日は失礼します、義姉上。また近いうちに」

「ええ。お茶をありがとう」

「義姉上、……カノン」

名前を口にされて、カノンはどきりとした。

レヴィナスがいつになく真剣な顔をしていたからだ。

「あなたの家は伯爵家です。父上も不在ですし、もうあなたを厭《いと》う者はいません。――いつでも帰ってきてください」

「心配しないで。皇宮の皆さんも親切だし、楽しくやっているの」

レヴィナスは無言で頷いた。

ぱたんと扉が閉まり、カノンは複雑な気持ちで席に戻った。

「レヴィナスを虐めないでください、ロシェ・クルガ」

カノンの苦情に神官は涼しい顔で茶を含む。

「虐めてなどと。――下々の意見を申し上げただけですよ。それに何やら伯爵代理はカノン様が皇宮を離れることをお望みの様子……陛下の意に染まぬことを寵姫《ちょうき》に吹き込むとは不敬ですね。──あれじゃあまるで、陛下に嫉妬《しっと》しているみたいだ」

「考えすぎよ。優しい子だから、心配してくれているだけ」

カノンの言葉に、シュートは同情を込めてレヴィナスの去った方向に視線を送った。

「ロシェ君はさー、嫉妬とかしないわけ？」

猫は、ごろにゃん、と床に転がった。

「まさか！　私ごときが恐れ多い。私はカノン様が皇妃になることを確信していますし、それを望んでいますよ？」

神官は上機嫌で答えた。

カノンとルーカスの関係が名目上の恋人にすぎないことをレヴィナスもロシェ・クルガも知らない。──だが、女性から心を寄せられることが多く目ざとく、「色欲」の業を持つロシェ・クルガは気づいているのではないか、と思う場面は多い。

「お慕いする女性が権力を持っているのか、いないかなら、お持ちの方がいいじゃないですか。──皇妃であれば最高ですよ」

それに、と妙に艶《つや》っぽく神官は目を細めた。

「私はどこかの誰かと違って、カノン様を私だけで独《ひと》り占めしたいなどという不遜なことは、一切思っておりませんので。──陛下と仲睦《むつ》まじくお過ごしになる片手間に、私を所有して可愛がってくだされば、結構です」

「他人を所有なんてしませんっ！　人聞きの悪いことを言わないでください」

「そう堅いことをおっしゃらずに。私はお役に立ちますよ、カノン様？」

上目遣いの色目遣いに、カノンは半眼になった。

「――シュート卿、あなたの従士のノアを呼んできてくれる？　あなたのお兄さんの倫理観おかしいから反面教師にするように伝えて」

ロシェ・クルガは笑顔でピシリと固まった。

ノアというのは、ロシェ・クルガの義理の弟だ。

かつてこの大陸を支配していた古代人の血を引く少年は、先日出生をめぐる騒動が色々とあって、血のつながらない姉のセシリアと共に（実は準皇族の地位を持つ）霊獣ジェジェの養い子として皇宮に保護された。

ノアはシュート卿の従士として、セシリアは皇太后の宮で侍女見習いとして教育されている。

「御意」

シュート卿が苦笑しつつも頭を下げると、ロシェ・クルガは悲しげに目を伏せ、悲劇を演じる役者のように顔を手に当てて嘆く。

「それだけはお許しください。カノン様。やっと出会えた弟妹に放蕩者《ほうとう》だとばれたら嫌われてしまいます……！」

「ばれないように立ち回るんじゃなくて、根本から改善してくださいっ！　……悪いことしたら、ノアにもセシリアにもいいつけますからね」

ロシェ・クルガは表向き神妙に「ふざけがすぎました」と胸を押さえた。

女性の噂が絶えない神職者だが、弟妹の前では清廉潔白《せいれんけっぱく》でいたいらしい。

今までらしくなく黙って成行きを眺めていたジェジェはぴょん、とテーブルの上に飛び乗ると、ロシェ・クルガを胡散《うさん》くさそうに眺めてぷにぷにとした肉球でつついた。

「女の子にだらしないのって、良くないと思うよ、ロシェ君。君はいつか刺されると思う。僕の子猫ちゃんたち《セシリアとノア》に悪影響だから、そういうふるまい、やめてほしいんだよね」

ロシェ・クルガは口を尖らせて白猫を抱き上げて顔を寄せた。

「ひどいな。どうしてジェジェ様は私に味方してくださらないのです？」

「なんで僕がロシェ君の味方をしなきゃいけないのさ。君は僕と皇宮の侍女ちゃんたちの人気を二分する存在。——いわば、敵なんだけど？」

「……そんな派閥があるんですか？」

「ジェジェ派については初耳です、伯爵」

シュートに小声で尋ねると、近衛騎士は苦笑している。

「敵などと。ジェジェ様が私の義弟ノアの義父上ならば、……よくよく考えれば私もジェジェ様の子供ではないですか？　つまり、我々は家族。——広い心で息子を応援してください」

屁理屈《へりくつ》すぎる。

カノンはシュートと顔を見合わせ、ジェジェは、はにゃ？　と頭の中でややこしい関係を整理したが、一瞬遅れてぺぃっとロシェ・クルガの頬を肉球でパンチした。

「こんなかわいげない放蕩息子、嫌だにゃ」

「ひどっ……！　痛っ……！　顔はおやめください。商売道具なのに」

「神官がなにを言っているんですか」

カノンが神官の腕の中からジェジェを取り上げたところで、何やら扉の向こうが騒がしくなってきた。

侍女の一人が取り乱しつつ、室内に入ってきた。

「伯爵！」

「何かあったの？」

男爵令嬢でもある侍女は一瞬ロシェ・クルガを気にしたがカノンが促すと、己の主と、その腕の中にいるジェジェを見つめた。

「──ジェジェ様も。どうか、玻璃宮《はり》までおいでくださいませ。皇太后様のお具合が──」

皇太后ダフィネの居所の名は玻璃宮という。

ダフィネが倒れたと聞いてカノンはジェジェを連れて皇太后の住居に急いだ。皇宮の宮ごとに転移門があり、そこをくぐって彼女の部屋に入ると貴婦人はベッドの上で寝息を立てていた。

彼女のベッドサイドには皇太后の侍女であるミアシャがいて果物を剥《む》いている。

「カノン」

ミアシャが手を止めてカノンを仰ぐ。

いつものようにミアシャが笑顔なことにほっとする。――完璧な淑女たるミアシャ・ラオは自分の立場がどうであろうと人前でカノンに不快を示すことはないだろうが。

「皇太后様のお具合は……？」

「大丈夫よ、もう落ち着いていらっしゃるわ」

皇太后を起こさないようにいったんミアシャとカノンは外に出た。ミアシャが簡単に皇太后の体調を説明してくれる。

「ここ数日すこしお具合が悪かったの。でも医師が言うには深刻な容態ではないそうよ」

カノンは、ほっと胸をなでおろす。

あの、と、ミアシャと共に皇太后に仕えている女官がおそるおそる口を出した。

「お話し中申し訳ありません。ラオ侯爵令嬢……その、お客様が……」

「こんな忙しい時に誰が来たというの？」

「ラオ小侯爵様でございます」

ミアシャは来訪者の名前を聞いて一瞬、顔を強張《こわば》らせた。

ラオ小侯爵といえば、セネカ・ラオ――ミアシャの兄だ。急病で領地に戻ったミアシャの父の代わりにここ数か月、皇都に詰めていると聞く。

「私が皇太后様についているから、どうぞ行ってきて」

カノンが促すとミアシャはカノンに林檎《りんご》が入った籠《かご》を押し付けた。

「じゃあ、あなたに頼むわね。上手に剝ける？」

「失礼ね！　……たぶん、大丈夫よ……たぶん」

「本ばかり読んでないで、こういうことも練習しなさいな」

声が小さくなるカノンを軽く小突いてミアシャが踵を返すとミアシャの兄、セネカ・ラオが妹を迎えにちょうど来ているところだった。

豪奢《ごうしゃ》な刺繡《ししゅう》の服に身を包んだ青年貴族は軽薄な笑顔を浮かべた。

「ごきげんよう。――パージル伯爵令嬢」

カノンの称号はシャント伯爵。諍いの末に捨てた家名で呼ぶのは無礼だ。

ミアシャが困ったように兄を見たがカノンは気づかぬふりで「ごきげんよう」と挨拶をして踵を返した。ミアシャには悪いが彼をあまり好きにはなれない。

――初めて会った夜会では華やかな妹の陰に隠れて常に陰気な表情を浮かべ、カノンには決して自分から話しかけようとはしなかった。

それでいてルーカスの前ではあからさまにカノンを「美しい」だの「妹と違って女だてらに学がある」だのミアシャを引き合いに出してわざとらしく褒めてみせた。

カノンが妹の栄達《えいたつ》には邪魔者だとはいえ、セネカは悪意を隠せなさすぎる。現在病気療養中だというラオ侯爵は表面上だけの態度だとしてもカノンには敬意を持って接してくれたし、華やかで明るい人だった。

そういう意味ではラオ侯爵家の父娘はよく似ている。

ミアシャのためにもラオ侯爵の快癒を願いながらカノンが皇太后の部屋に戻ると、いつのまに来たのかルーカスが祖母の隣にいて何やら楽しげに話をしている。

皇太后ダフィネが上半身を起こそうとするので、慌ててカノンがそのままで、と懇願すると老婦人はため息をついた。

「あなたもルーカスも私を病人扱いするのね。——少しよろめいて転んだだけなのに、まるで死ぬような騒ぎ」

「なにせお祖母さまは高齢ですからね、ある日突然何かあっても驚きませんよ」

「ルカ様！」

あまりな言い草にカノンは目を剥いたが、皇帝は動じずに手ずから皮を剥いた林檎を、祖母に差し出した。

皮は兎《うさぎ》の形をしていて、可愛らしく剥かれた林檎が皇帝とはいかにも不似合いでおかしい。

「ルカったらひどい物言いだこと！　全く誰に似たのかしら」

「私を育ててくれたのは皇太后ではありませんか？　おかげで議員たちからも、よく口が回ると褒められます」

カノンの隣でシュートが渋面《じゅうめん》になったがルーカスは意に介さない。

とにかく重篤《じゅうとく》な状態ではないことにホッとしてカノンもルーカスの隣に腰掛けた。

「お顔を見て安堵《あんど》しました。ご無理はなさらないでくださいね」

「あなたは優しい子ね。私は冬の終わりにいつも体調を崩すの。だから、心配しないで」

部屋の隅に控えていた医師が「よくお休みください」と心配そうな顔をするのでカノンはルーカスに視線で問うた。

出よう、と皇帝が立ち上がり、皇太后ダフィネは笑顔を見せた。

「本当に大丈夫よ、イレーネ。すぐによくなるわ」

カノンは名前を呼び間違えられた動揺を、拳《こぶし》をぎゅっと握ることでやり過ごした。

イレーネはカノンの母の名前だ。皇太后ダフィネが後見人だった、皇族の傍系。先代のシャント伯爵でもある……。

「——はい。ダフィネ様」

カノンは訂正しないまま微笑んでルーカスと共に続きの間に移動した。

「実は……、皇太后様は半月ほど前から微熱が下がらないのです」

皇太后付きの侍医はカノンを気遣いつつも、ルーカスに説明した。

「高熱ではありませんが不調がこうも続いては疲弊されてしまいます。ここ数日は食欲もなく、眠りも浅いようで……意識が軽く混濁しておられます。それで伯爵のお名前を間違えたのだと思います」

イレーネが皇宮にいた時代、母は皇太后ダフィネの側に仕えていたからつい間違えたのだろうと医師はカノンを慰めるように言った。

「皇太后の具合が悪いことを、なぜ報告しなかった？」

ルーカスが静かに侍医を見ると彼は口ごもる。怒りは感じないが、彼はただ喋《しゃべ》るだけでも威圧感がある。それに気づいたのか、ふ、とわずかに皇帝は気を緩めた。

「大方、俺に報告するなと皇太后が命じたのだろう？　それを罪に問うつもりはない。だが——今後はすべて報告せよ。皇宮の主は皇帝だ。よいな」

は、と侍医は頭《こうべ》をたれた。

「微熱の原因は？」

「わかりません」

「周囲に伝染する病か？」

「……いえ、皇太后のお世話をする者たちは皆、健康状態に問題はありません。伝染するようなものではないように思われますが……」

「ならばよい。早く原因を特定するように」

「御意。……そのうえで、シャント伯爵にお願いがございます」

「私に？」

カノンができることがあるか、と侍医を見つめ返すと、白髪の老医師は縋《すが》るようにカノンを見つめた。

「治癒の能力をお持ちのロシェ・クルガ神官に、皇太后様のお側に待機するよう命じていただけませんか？　神官殿がご多忙なのはよくよく承知なのですが、皇太后様のご不調の原因がわからない以上、投薬だけでは限界がございます。治癒の力で皇太后様の体調を整えていただければ、と」

これにはルーカスが苦笑した。

「あの浮ついた眼鏡《めがね》の使い道ができたな。──俺から言っておく」

「ありがたいことです、陛下。力が足りず申し訳ありません」

「いいや。不安を正直に告げてくれて感謝する。神官と協力して祖母を癒《いや》してくれ」

侍医は頭を下げ皇太后の寝室へ戻っていく。

「……心配ですね」

なんとなく落ちた沈黙の後、カノンが言うと「まあな」とルーカスは頷いた。

無表情の横顔からは一切の感情が読み取れない。

仕事以外では存外よく笑う皇帝が無表情なのは己の感情を隠したい時で、たぶん今もそうだろうと思う。カノンが知る限り皇帝が家族として大事にしているのは老いた祖母だけ。心配でないはずがない。

「――昔、母が寝付く時はいつも不安な気持ちになりました」

「そうか」

「皇太后陛下が早く、快癒されることを祈っています」

「……そうだな」

カノンがぎゅ、とルーカスの手を握るとルーカスが握り返す。

――と、ルーカスの顔が曇った。彼は剣呑な視線で扉を見る。なんだろうとカノンも意識を向けると軽やかな足音が聞こえてきた。ノックもなく扉が開け放たれ、美しい銀の髪をした佳人が部屋に現れる。

「今日は良き日ね。母上の見舞いに来たら、可愛い甥にも会えたわ」

佳人は涼やかな声でルーカスに話しかけ、ルーカスは舌打ちした。佳人の侵入を止めようとしたのか、皇太后の侍女は佳人の背後で困惑したように立ち尽くしている。

カノンは慌てて立ち上がって一歩引いた。

現れた貴人に向かってカノンは頭を下げる。

「春も近い良き日です、殿下。――お二人のお邪魔にならぬよう私はこれで失礼いたします」

退《ひ》こうとしたカノンを皇女ヴァレリアは目線で止めた。

「カノン・エッカルト。座りなさい。あなたにもちょうど話があったのよ」

カノンが戸惑いながら座ると、二人の前に立った皇女はわざとらしく悲しげに目を伏せた。

長いまつ毛が白い頬に不規則で美しい影を作る。皇女ヴァレリアは静かな所作で甥に膝《ひざ》を折る。

「皇帝陛下に親族として進言をいたします」

「何かな、叔母上」

「皇太后陛下のお心の安寧のためにもご婚約を。皇家の血を絶やさぬことは国の大事」

「俺の婚姻はあなたには関係のないことだ」

「ありますわ。陛下はお嫌でしょうが、我らは血族。皇家の数は少ない。……ルカ、あなたに何かあったら、コーンウォルが跡を継ぐのよ」

「皇女殿下、おそれながらその方の名を出すのは不敬でしょう」

叛逆《はんぎゃく》の疑いをかけられて軟禁中の男の名を出すべきではない。

カノンの言葉にヴァレリアはかすかに笑った。

「私は事実を述べているだけ。コーンウォル卿の影響力を削《そ》ぐために足元を固めることね」

ハッ、とルーカスはせせら笑った。腕を組んで叔母を見上げる。

「叔母上に結婚を勧められるとは思わなかったな。あなたにとってはコーンウォルが自由になった方が、都合が良いのではないか？」

「そうね。私と彼は仲良しだから。けれど、私は兄弟よりも義母上が大事よ」

ヴァレリアは声に心配をにじませた。皇女は先帝が愛妾《あいしょう》に産ませた子だが、実母は産褥《さんじょく》で亡くなりその後は皇太后ダフィネが引き取って育てた。そのために、皇女は彼女なりに義母を大切にしている――ように振る舞っている。カノンにはそれが彼女の真意なのかわからないが。

美しい皇女はちらりとカノンを見た。

「そちらの美しいお嬢さんでも構わないけれど、ミアシャ・ラオが皇妃ならばなおいいわ。あの子は自分の役割を理解しているもの。陛下が決めかねているなら両方でも構わない。世継ぎさえいれば、誰が母でも同じでしょう？」

カノンは反論したいのをぐっと堪えた。

世継ぎは大事だ。それはそうだろうが、カノンもミアシャも子を産むだけの存在ではない。

「俺に指図をするな。不愉快だ」

「家族の忠告よ」

ヴァレリアが微笑んだまま閉じられた扇子でルーカスを示すと皇帝は鬱陶《うっとう》しそうに指を振った。ザシュ、と小さな音がして扇子は真ん中から真二つに切断された。

「そうなりたくなければ口を噤《つぐ》め、ヴァレリア」

カノンは、はらはらと床に落ちた扇子の上半分を見たが、皇女は甥の不機嫌な視線に「まあ、怖い」といつものようにふわりと笑い、扇子をひと振りした。いかな仕様か、彼女の指の中にあった扇子はサラサラと砂のようになって空中に消えていく。魔法だろうかとカノンは唖然《あぜん》と空中に溶けていく扇子を凝視した。

皇族二人は冷えた視線を交わしあった。扉の側に控えた侍女は震えて青褪《あおざ》めているし、カノンも身動きすらできない。

「俺の機嫌がこれ以上悪くならないうちに退出せよ。皇太后は今、寝ている。出直すことだな、叔母上」

「承知いたしました。陛下のご英断を期待いたします」

皇女は一礼し、カノンの前を通り過ぎる時に足を止めて言い放つ。

「奥に引きこもって、政《まつりごと》にも関与せず、ただふわふわと生きていくのは楽ね。お飾りの伴侶でいいから、子供くらい産んでみせれば？」

これはルーカスが遮った。

「余計な世話だ。俺は俺の好きにする。姫君たちもな。そもそもあなたは皇宮を出た身だ。今更口出しをしないでいただこう」

「私以外で、あなたに口出ししてあげる優しい人はいるのかしら？」

肩を竦めて、ヴァレリアは今度こそ踵を返した。

（奥に引きこもって、政にも関与せず、ただふわふわと生きていくのは楽ね）

耳に痛いことを言われて唇を噛む。政治に関与するどころか、議会の議員たちのことですらよく知らない。いや、知ろうともしなかった。

ヴァレリアの言葉を反芻《はんすう》しつつカノンが立ち尽くしているとルーカスが小さくため息をついて「座れ」と手を伸ばした。

「ルカ様」

「君が気に病むことではない、カノン・エッカルト」

カノンの逡巡《しゅんじゅん》などお見通しなのかルーカスは淡々と続ける。

「皇族が少ないのは誰のせいでもない。俺のせいでもない。——何代か前に一族で互いに憎みあい、数代前の皇帝が増えすぎた同族を徹底的に屠《ほふ》ったからだ。わずかに生き残った同胞も皇都を離れ、他の一族と交わったせいで血は薄まった」

銀色の髪に赤い瞳という特徴的な外見はあまり見かけないものだ。血が薄まると、その特徴は強い魔力と共になくなっていく。現にカノンの母イレーネは銀色の髪に赤い瞳だったが、カノンの髪も瞳も父グレアムから受け継いだ黒髪に翠《みどり》の瞳、という色彩になっている。

「皇族が絶えようが、それはどうでもいいことだ」

ルーカスはため息をついた。

「統治者の容姿がどうあれ血がどうあれ。それを気にして尊ぶのは一部の者だけだ。大多数の国民には関係がない。一代も過ぎれば為政者の血筋など忘れる。滅ぶ運命のものはどう足掻《あが》いてもそのうち滅ぶ」

何でもないことのように言い切って、ルーカスはカノンの髪に触れた。

「俺がカノン・エッカルトに求婚したのは、それが面白そうだと思ったからだ。それ以上でもそれ以下でもない。姫君の気が向いたら俺を選べばいい。皇宮で遊び惚《ほう》けてくれていていい」

「そういうわけにはいかないでしょう。皇妃も責務があるのに」

「適当でいいぞ」

皇帝の言い草に呆《あき》れたが、ルーカスが大真面目《おおまじめ》に頷くのでカノンは笑ってしまった。

「遊べと言っても姫君は働くだろう？　ただ、姫君が側にいる暮らしは楽しそうだ」

あまりにサラリと、そして静かに言うのでカノンは息を止めてしまった。

「……それは」

カノンが言葉を探しているとルーカスは珍しく、くすりと小さく笑った。

「悩むのはいい傾向だ。安心しろ。別に断ってくれてもいい。その時はまあ、シュートかベイリュートでも誘って、三日三晩飲んだくれる」

カノンはなんと言っていいかわからずに沈黙した。皇帝の求婚をそんなに気軽に断っていいわけがなく、申し出が嬉しくないわけもない。彼の側にいるのは純粋に心地いい。けれど、ルーカスは本気なのか気まぐれなのか、その確証がカノンには未だに、もてない。

――だって、あなたの心を示す魔術書は、私の前では開かれたことがない……。

固く、心を閉ざしている。

そんな女と一緒にいて果たしてルーカスは幸せなのか。カノンは自分の気持ちを持て余したまま、ルーカスの手を握り返した。

「皇太后様が早く快癒しますように……」

「ああ」

ルーカスが祈るように目を閉じた。

皇帝の指は剣を扱う人のそれだから、硬い。

その武骨な指を、放したくないと感じるのはなぜだろうか。それは……。

★第二章　喰らう人

「この本は僕のだ！　昆虫図鑑！」

「やだっ私の！　私が先に見つけたんだからっ！」

皇都の児童図書館では小さな子供たちが二人、本を前にして争っている。

「だめだよ、順番は守らなきゃ。十日間我慢したら貸出順が巡ってくるから」

壮年の男性が割って入って諭《さと》すと、子供たちは渋々引き下がった。

くじを作ってどちらが先に借りるか決めることにしたらしい。平和に順番を決める子供たちの光景に、カノンは目を細めた。

皇都の図書館長になってから、カノンは蔵書の整理や分類だけでなく、児童図書館の設立にも尽力《じんりょく》していた。

皇都の東西南北、そして中央に蔵書数五千冊程度の小規模な児童図書館を作り、出来上がったのがつい先日のことだ。

「各図書館に転移門を設けさせてもらってよかったわ。職員も、本も流動的に動かせるもの」

児童図書館すべてを合わせても蔵書は三万冊に満たない。

冊数が多いようでいて、これはカノンの前世の感覚でいえば必要数の半数程度だ。

少ない蔵書をやりくりするために……、カノンは手の中にあった本を開いた。

「昆虫図鑑は他《ほか》の児童図書館にはあるかしら？」

白紙の本の上に、カノンが指で書いた文字が光の線になって躍る。と同時に、紙面にデフォルトされた東西南北中央の地図と、五棟の図書館が浮き上がり、西に位置する建物がチカチカと光った。西区の児童図書館にはある、ということだ。

ここ中央区の児童図書館では二人が欲しがっていた本は一冊しかないが、西区の図書館にはもう一冊あるらしい。

先ほどの壮年の男性に伝えると、彼は笑顔になった。

「館長、それは良かったです。持ってきましょう！」

彼はいそいそと奥へ引っ込んだ。転移門を使って本を受け取りに行くつもりらしい。

児童図書館の本は、すべてに魔法が付与され本独自の分類番号とタイトル、著作者が記録されていてこの魔術書で管理されている。

元々は戦時下で兵士たちの名を登録して、居場所と安否を把握するものだったらしいが「今は使ってないから自由に使え」とのルーカスの一声で、本の検索ができるようになった。

蔵書のデータベース化と検索機能のおかげで子供たちには読みたい本が早く読める！と、図書館の職員たちも何がどこにあるかすぐにわかる、と好評のようだ。

「この仕組みを皇居の使用人の居場所把握にも流用できないかな？　シフト組むのにもきっと

便利だよね……。プライバシー侵害かなあ」

「シフト？」

いつの間にか背後にいたラウルに不思議そうな顔をされたので、「古代語です」と適当な嘘《うそ》をついてカノンは視線を逸《そ》らす。トゥーランには科学はないが優れた魔法はある。

こういう技術を一般化するにはどうしたらいいんだろうか、とカノンは首を捻《ひね》った。

日本では当たり前に使えたパソコンソフトやシステムが使えないということは、さまざまな事務作業を人がやらねばならない、ということを意味する。本を仕分けするというのはとにかく煩雑な業務だ。それを手作業で行うのは大変なので今まで放置されていたのも致し方なし、と思ってしまう。

魔法がある分、科学技術が発達しないというのも考えものかもしれない。

使いこなせれば便利ではあるのだが……全員が使えるわけではないし……、知識や利便性の一極集中を意味する。そして魔力を持つ者は貴族に多い。

貴族階級と平民の暮らしの差は開く一方だ。貴族階級でも魔力がない者はいる。文書を読むのが苦手だというミアシャ・ラオは魔力がない人間も使える自動筆記と自動読み上げができる魔術書をひどく欲しがっていた。

「長い文章を書くのも読むのも苦手――。疲れるもの。日記帳代わりに使いたいから貸してくれない？」

高いですよとカノンが脅すと「ケチね！」とミアシャは笑っていたが、もしも魔術書を作ることができるならば彼女にも贈りたい。

「児童図書館も、ずいぶん利用者が増えましたね」

カノン・エッカルトの身辺警護を務める近衛《このえ》騎士ラウル卿は感慨深くため息をついた。

ラウルは実家に戻っていたので一緒に出歩くのもしばらくぶりだ。

「大人《おとな》だけで来ている利用者も見かけるような……」

「児童図書館に成人向けの本も少し入れたの。付き添いの大人にも利用してほしいし。皇宮図書館に平民が入るのはまだ気が引けるみたいだから」

こぢんまりとした図書館は平民には通いやすいようだった。

「さすがカノン様です」

「褒めてくれてありがとう、ラウル」

「姫君の望み通り、皆が通えるようになるとよろしいですね」

「次は簡単な医学書……家庭向けの民間療法の本も置いておけるようにしたいんだけど」

「それはもう、カノン様が作られたではないですか」

ラウルが入り口横に置かれた平たい棚――カノンが頼んで作ってもらったマガジンラックに挿してあった薄い冊子を手に取った。

煎じれば風邪《かぜ》によく効く野草や、風邪の治療方法、消化に良い食べ物、それから予防方法などが十数ページにわたって特集され、気に入れば誰《だれ》でも無料で持ち帰ることができる冊子だ。

「それは本というより雑誌だもの。紙質も保管には向かない廉価なものだし。——けれどこれ目当てに来てくれる人が増えてよかったわ」

手始めに簡単な薬草の雑誌を、と義弟のレヴィナスと一緒に作ったものだ。

義弟は、大学で得た伝手《つて》を活《い》かして小さな出版社を設立した。

カノンも株主なので、あれやこれやと彼に出版してほしい書籍の相談をしている。

「ジェリの実を煎じたものが喉《のど》にいいとは知りませんでした」

ページをめくりながらラウルが感心している。

ジェリ、というのはルメクなら雑木林に行けば一本か二本は生えている樹だ。

あまり美味《おい》しくはない実が春と秋になるが平民は乾かしたものを酒のあてにして食べる。実は乾かす時に捨てる大きな種の中身をくりぬいて、煮詰めると苦いが喉にいい薬になる……というのはカノンも皇宮の図書館で見つけた古文書で得た知識だ。

「案外、私やラウルのような貴族は医療知識がないのよ。神官が治癒《ちゆ》してくれるから」

カノンの言葉にラウルもなるほど、と頷《うなず》いた。

次は簡単な傷の処置方法の特集の冊子を作ってもいいかもしれない。

幸い、湿布薬や傷薬、軟膏《なんこう》などのサンプルはここ数か月で充分なほど集まった。

頑丈な近衛騎士の皆さん、実験台にしてごめんなさい、とカノンは心の中で拝んだ。

「薬草図鑑を作るのもいいかも。色々な人の知識をまとめて、真偽を確かめてから出版できないかしら。昆虫や植物図鑑もいいな。子供たちは図鑑が好きだから」

大きな絵で昆虫や植物が描かれた図鑑を広げている子供の横顔は輝いている。

カノンはにこにこと彼らを眺めて閉架から持ってきた本を開いた。

「魔術書も貸し出せたらいいのにね」

『古代帝国の生き物』というタイトルの本は開くとホログラムのように立体的に動物が浮き上がる。

「高価な本は奪われてしまいますからね。子供たちが狙《ねら》われると危険です」

「そうだよね」

カノンは残念、とため息をついた。

パラパラとページをめくるたびに生き物たちが目の前に現れてカノンの前で思い思いのポーズを決める。今も存在する魔獣やドラゴンもいるが、昔に滅びて今はいない天馬や下半身が馬の獣人、羽翼人、蛇の尾を持つ三つ首の犬、全身鮮やかな朱色の毛皮を持つ魔狼《まろう》。魔狼の毛皮は自身や同じ種族だけは焼かない火を放っていて、近寄ってくる外敵を焼き殺していたという。

古代帝国。

千年も昔に栄えた帝国にいたという生き物たちは個性豊かで見ているだけでも楽しい。

「千年前はこんな面白い生き物が実在したのでしょうか」

魔力のないラウルは、魔術書を開くことができないのでカノンの横から覗《のぞ》き込んでいる。

「伝承ではそうね。一度でいいから本物を見てみたいわ」

魔術書は不思議だ。

本でありながら魔力を持ち場合によっては本を使って魔法を行使できる。

皇宮図書館に行けば魔物を閉じ込めた本すらあり、――カノンは以前、その魔物に殺されそうになったこともある。

トゥーラン皇国にも不思議な魔法はたくさん残っているが、古代帝国時代に作られたものに比べればその威力は薄い。――魔法や魔術といったものは力を失っているように思う。

「古代の魔物の中には倒すことができずに、封じられたままのモノもいるのですって」

「恐ろしいですね。万が一封印が解けたらどうするのでしょう」

「うーん。封印されている間に力尽きているんじゃないかしら。だって、千年でしょう？　空腹でどうにかなってしまう」

「さようでございますね」

そうであることを祈る。

古代でさえ倒せずに仕方なく封じたままだったのだ。現代にそんな魔物が出てきたらどんな被害があるかわからない。

カノンは何気なく視線を彷徨《さまよ》わせて、とある人物のところで、目を留めた。

その人物が珍しい髪色をしていたからかもしれない。ちょうど、今しがた魔術書で見た魔狼のような色だ。

——すらりとしているというより痩《や》せてひょろりとしたという形容が似合いそうな青年は、難しい顔をして本棚を眺めていた。せっかく背が高いのに猫背気味なせいでどこか疲れた印象を受ける。髪色は一瞬黒かと思ったが、彼が動くと赤だとわかる。ミアシャ・ラオのように美しい赤毛ではなく、暗い暗褐色だ。

青年は緩やかにまとめた髪を縛って背中に流していた。

目当ての本ではなかったのか、彼は残念そうな表情を浮かべ、手に取った本を戻した。今日は仕事というより偵察にきただけだったのだが、カノンの使命感がうずうずと湧《わ》き上がった。

「ラウル、ここで待っていて。案内してくるから」

カンファレンスは司書のつとめだ。あんなに熱心に探す本があるならみつけてあげたい。

「カノン様、それは職員に任せては？」

「大丈夫よ、ほらあの司書の方を手伝って。荷物が重そう！」

カノンはラウルをおいて痩身《そうしん》の男性に近づく。ラウルは命じられた通りに司書の男性を追いかけ、カノンから視線を逸らした。

だから、ゆっくりと歩くカノンの後を、身なりのいい男が足音を消してついていったのに気づかなかった。

「あの、――なにかお探し」

カノンの声に、赤い髪の青年が訝《いぶか》しげに振り返り、彼が口を開く前に、ミシッとなにか不可解な音がカノンの背後で、して、パンっと何かが弾《はじ》けたような音がする。

「カノン様っ！」

「――きゃ」

ラウルの叫び声を聞きながら視界がぐらりと揺れる。ばさばさと棚から本が落ちる音。

増設した本棚が――壁に固定されてないそれが倒れかかってくるのだ、とひどく冷静にカノンは理解した。

すべてがゆっくりと動く視界の中、ヒヤリと心臓のあたりが冷える。

下敷きになるのを半ば覚悟した次の瞬間……しかし……、なにも起こりはしなかった。

恐るおそるカノンは顔を上げた。

「……っ」

目の前にいた男性が倒れ込んできた本棚を背負うようにして立っている。

「本棚がぐらつくなどありえない。図書館の責任者に危険だと伝えておいてくれないかな」

降ってくる幾つかの本がぽかすかと彼にあたって、彼は「痛っ」と小さくぼやいた。

「はあ、全く、ついていない……これも僕への罰か……」

室内だというのに手袋をした痩身の男性は片手で棚をもとの位置に軽々と戻した。

「……おじさん、力持ちぃ」

「すげえ、片手で……！」

少し離れたところにいた子供たちがわぁっと小さく歓声をあげる。キラキラした目を向けられて青年は嫌そうに片眉《まゆ》を跳ね上げた。

「三十前なのでまだおじさんではない。お兄さんに訂正してもらおうか」

青年は陰鬱《いんうつ》な表情のままゆっくりとした動きでカノンを見た。

その瞳《ひとみ》も暗い色だ。闇《やみ》の中にどろりとひとつまみ消えかけた炎をたらしたような、暗褐色。

印象的な目の下の隈《くま》を、手袋をした手でこすりつつ彼は唐突に口を開いた。

「怪我《けが》は？」

「え？」

「怪我はいかがですか、と聞いたのです……ご令嬢」

カノンは慌てて頭を下げた。

視線がカノンを見ていなかったので話しかけられたとは思わなかったのだ。

「大丈夫です、危ないところをありがとうございます」

「ならいいです。はあ……、無駄な体力を使ってしまった。……お腹《なか》がすくのに。最悪だな」

ぼやきながら青年はさっさと踵《きびす》を返してしまう。

意外にも歩くのが速い。さきほどの怪力もそうだが見た目と中身が違う青年だ。カノンは我に返って後を追う。カノンが責任者の施設で事故があったのだから謝らなくてはいけない。

「待って、待ってください！」

カノンが追いかけると、彼はすでに階段を降りて図書館を出ようとしているところだった。

「そこの赤い髪の方！」

図書館を出たあたりの細い路地で追いつくと、青年はぴたりと足を止め、くるりと振り返ると実に嫌そうに眉間に力を込めてカノンを見た。

「僕の髪は赤くない。どちらかと言えば、暗褐色と呼ぶのが正しい。赤とかそういう感じで大《おお》雑把《ざっぱ》にひとくくりにされるのは……非常に心外です」

「は、はあ……すいません。芸術の素養がないので」

思わぬ指摘にカノンが謝ると、青年はその暗褐色の瞳でひたとカノンを見た。

「……皇都のご令嬢が僕にどんな用事です？」

カノンは言い淀《よど》んで口元に手を当て、あ、と目を見開いた。本棚が倒れてきた衝撃で気づかなかったが、小指の下から手首にかけて、ざっくりと切れて血が流れている。

ポタポタと落ちる血に青年はぎょっと身を引いた。

顔色が不自然なほどに蒼《あお》くなる。

「血……、あなたは、さっきの……！　怪我……っ……怪我を、したからわざわざ文句を言いにきたんですか？　……僕はっ、損害賠償なんか払えませんよ……、はやく去ってくれ……」

何かに怯《おび》えたような態度の青年に、カノンは慌てて否定した。

「まさか！　助けてくださった方にそんな恩知らずなことはしません。むしろ、謝るべきだと思って追いかけてきたのです」

カノンが違う、というように手を振ると青年はなおも強張《こわば》った表情で首を振った。どこか具合でも悪いのか冷汗を流している。

「わか……った。ならばいい。もう、どこかに行ってくれ」

「どこかお具合が悪いのですか？　真っ青です」

「や、やめろ――近づかないでくれっ……血がっ……血……」

落ち着き払っていたはずの青年の呼吸が荒くなる。

ひょっとして血が付くのがいやなのかとカノンが手を引っ込める。

しかし、カノンが後ろに下がるのに反して、青年は顔を強張らせたまま、ふらふらと何かに吸い寄せられたようにカノンの手を取る。

「血なんて……僕は……すこしも……」

「……えっ？」

「ぜんぜ……ん、欲しくないっ……」

そのまま、青年は、カノンの手を取ると――

「なに……」

ぱくり、と口に含んだ。

「イッ……きゃああああああああ！　変態っ！」

「ぶわ！」

カノンが平手で殴ると青年は無様に尻餅《しりもち》をついて、ついでわなわなと震えた。

「あああああああっ」

青年が悲痛な声をあげたのでカノンはぎょっと身を引いてしまった。青年は我に返ったように蒼褪《あおざ》めて、頭を抱え「違う、違う……」と呻《うめ》く……。

「……違う。僕は……もう……駄目だ……終わりなんだ……、このまま、死んでしまいたい……いいや、死ぬべきなんだ」

「あ、あの……？」

カノンの制止も無視してふらふらと立ち上がると、自らを呪《のろ》いながら壁を伝い歩いていく。

カノンは呆然《ぼうぜん》として、その場にへたり込んだ。

血を、舐《な》められた……？

それなのに舐めた方が絶望感いっぱいの表情で悲愴感たっぷりに逃げていくとはどういうことだろう……。

あまりに苦しそうだったのでそれ以上カノンは青年に声をかけ損ね……、ただ呆然と、青年が去った方角を見つめていた。

◆◆◆

「それで、その青年は逃げた、と」

その場でしばらくカノンがへたり込んでいたところに現れたのは、ロシェ・クルガだった。

近くに用事があって児童図書館に寄った神官は、図書館を出たカノンと青年を追いかけてきたらしい。治癒の異能でカノンの傷を癒《いや》しながら事のあらましを聞き、美貌《びぼう》の神官はため息をついた。カノンの傷を、手をかざして癒してくれる。

「美しい御手に瑕《きず》が残らずよかったです」

「そういうのいいですから」

「では、苦言を。――見知らぬ男を追いかけて路地に行くとは。危機感がなさすぎます」

すかさず返され、カノンは、うっ……と胸を押さえた。その通りすぎて何も言えない。

「反省します。ロシエ」

「そうなさってください。――しかし珍しいな。カノン様のことになれば血相を変えるラウル卿があなたを一人にするなんて」

「私が別の仕事をお願いしたのです」

だが、確かに実家から戻ってきてからラウルの様子は少しおかしい。

平静を無理に保っているような。シュートに原因を聞いてみようかとカノンが思った時、大通りからけたたましい音と馬のいななき、それから悲鳴が聞こえてきた。

「馬車が人をはねたっ！」

「人が怪我しているぞ」

「誰かっ、誰か来て！」

二人が顔を見合わせて大通りに急ぐと、立ち去る馬車と道端でうずくまる老婦人がいた。

老婦人の腕には何か鋭利な刃物で切られたような傷がある。

「大丈夫ですか？」

「――は、母が進路を妨害したと言われて……。貴族様の御者に斬られて……」

カノンは唖然《あぜん》とした。

「斬った？」

聞けば、馬車を運転していた御者は足の悪い婦人のせいで進路をふさがれたことに憤慨したらしい。凄《すさ》まじい速度で走り去った馬車はもう影さえ見えない。

ロシェ・クルガが素早く駆け寄り出血した箇所を手巾《ハンカチ》で拭《ぬぐ》う。倒れた拍子にぶつけたらしき後頭部に手をかざすと見る間に瑕がふさがり、カノンはさすがと舌を巻いた。同じように斬られた腕に手をかざしたロシェ・クルガは首を傾《かし》げて沈黙した。

「ロシェ・クルガ？」

「普通の傷ではないようですね。お嬢さん、この傷は貴族の剣でつけられたもので間違いないですか？」

婦人の連れらしき若い娘が涙目でロシェを見る。

「は、はい……黒い、……美しい短剣でした」

ふむ、と顎《あご》に手を当てたロシェ・クルガは胸元から美しいガラス瓶に入った液体で傷口を洗う。じゅわ、と何かが焼けるような音がして婦人は悲鳴をあげたが、ロシェ・クルガが再び手をかざすと今度は瞬く間にただれた皮膚が治癒されていく。

「刀身に何か強化の魔法が付与されていたのでしょう。――聖水があってよかった」

呪いを解いてから治癒をしたらしい。痛みがひいた老婦人は傷の癒《い》えた腕を見ると感嘆の声をあげ、母子は涙ながらにロシェ・クルガに感謝の言葉を述べた。

「ああ、神官様。ロシェ・クルガ様でいらっしゃいますね？　高名な神官様に治癒していただけるなんて……」

「目の前に困った方がいらしたら手を差し伸べるのは神官として当然のことです。私が今日あなた方の近くにいたのは、神の意思でしょう」

娘はロシェに微笑《ほほえ》まれ顔を赤らめた。

「ご婦人の怪我は治癒しました。――が、今日は大事をとって安静に。それより、先ほどの馬車はひどいですね。乗り手がわかるようでしたら抗議を」

「あれは……」

娘が言い淀む。近くにいた初老の男が吐き捨てた。

「偉い貴族だよ。――俺《おれ》はあの男を皇宮で見たことがある」

馬車の中にいた貴族は自分の御者が斬りつけた母親に意識があるのを確認すると、金貨を投げて「医者に行け」と吐き捨てたらしい。

ひどい、とカノンは眉根を寄せた。腕の傷が浅かったにしろ老婦人は頭を地面に打ち付けていた。ロシエ・クルガが来なかったらどうなっていたかわからない。

「紋章か何かを見ましたか？」

貴族は己の身分を示すために紋章が刻まれた装飾品を身に付けることが多い。

娘は言いにくそうに口ごもった。

「左手の中指に金の指輪が。紋章は、……その。見間違いでなければ、天馬と花で……」

「それはそれは」

ロシエが肩を竦《すく》めカノンも眉根を寄せた。ラオ侯爵家の紋章だ。

侯爵家の初代が家に伝わる伝承をもとに作ったと言われる紋章で、トゥーランではおとぎ話のように有名な話だから平民でも紋章を知っている者は多い。

紋章を刻んだ指輪をはめていいのは通常は当主のみ。

そうすると馬車の主はラオ侯爵の代理である、ミアシャの兄ということになる。

「見間違いかもしれません……。あの、これ、神官様、もしよろしければ……！」

娘は消え入りそうな声でそう言って金貨をロシェに渡す。母親を助けてくれた対価にということらしい。ロシェ・クルガは笑顔で娘を見返し、両手をそっと押し返した。

「誰が渡したものでも金貨の価値には変わりはありません。私のことは気にせず、母君の治療にあててください」

母娘はロシェ・クルガに尊崇の視線を向けている。カノンは神官の外面《そとづら》のよさに呆《あき》れたが、つつましく沈黙を守った。女性に必要以上に親切に振る舞うのは彼の業だが、神殿の権力を担う聖官のメンバーに加わる予定の彼は相変わらず市井《しせい》の人気を稼ぐのに余念がない。

カノンたちは市街を見回っていた軍人に二人を任せてその場を離れることにする。

名残《なごり》惜しげな娘を見送ってロシェはさて、とカノンを見た。

「セネカ・ラオか。――相変わらず好き勝手やる御仁だな」

「ロシェは彼と親しい？」

「私はご令嬢たちから人気がございますので残念ながら嫌われております。私がカノン様の信奉者だと知られてからはあからさまに悪口を言われますよ。孤児のなりあがり、と。――心の狭いケチな方です」

「酷評ね」

「父君と違って神殿に寄進もしてくださらないいし。最近はいかがわしい店にはよく顔を出して湯水のように金を使うようですが。どこにあのような金があるのか……」

典型的な貴族の馬鹿《ばか》息子らしい。

「しかし、カノン様がご無事でよかった。――皇宮でお話ししてもよかったのですがお耳にいれたいことがありまして。それで追いかけてきたのです」

「私に？」

とりあえず戻ろうと二人で児童図書館に戻ってカノンは、あ、と声をあげた。

黒髪の背の高い青年が泰然とソファに座っている。おや、とロシェ・クルガも足を止める。

「ルカ様」

カノンは慌てて口元を押さえた。ここでルカ呼びはまずいだろうか、と思って皇帝を見ると、彼は気にしない様子でひらりと手を振った。

通りがかった職員が、視線を逸らしたので、これは正体がばれているな、とカノンも遠い目をする。背後に控えたラウルは何か言いたげな表情を浮かべたが、カノンはとりあえず指を口元に当てた。謝罪はあとでいい。

「本棚が倒れていたはずなのですが」

棚と本があった場所には、何もない。

「俺がどかした。倉庫に動かしてある」

皇帝が指を動かすと彼の周囲の空気がわずかに歪《ゆが》んだ……。

魔法で動かした、ということなのだろう。そういえば以前もカノンの荷物を運んでくれたことがある。先日、皇女の前で物を切断した能力といい――色々なことができる人だ。

「便利な能力ですね」

「人を道具のように言うな」

真顔のルーカスの隣にはソファの座り心地が気に入ったのか幼児が二人キャッキャと遊んでいて、なかなかシュールな絵面《えづら》になっている。まるで……、

「陛下がそうしておられると、根の国の主が天の使いを従えた絵画を思い出します」

ロシェ・クルガが笑顔でカノンに囁《ささや》き、しっかり聞こえていたらしいラウルが無礼な、と目を吊《つ》り上げた。うっかり同意しそうなことを言わないでほしい。

ルーカスは目を細めてロシェ・クルガを一瞥《いちべつ》したが特に咎《とが》めずにカノンを見た。

「怪我をしたのか、カノン。血の匂いがする」

「ええと。その、実は……」

どこまで話したものかとカノンが言いあぐねていると、気を利かせたロシェ・クルガが場所を移動しましょうかと促した。

職員のための休憩室に移ってカノンが先ほどの青年とのやりとりを（傷を舐められたことは除いて）説明すると、ラウルは目に見えて青褪める。

「カノン様、私のせいでお怪我を……」

「ち、違うの、ラウル。私が勝手に動いたからで」

　――カノンの護衛なのだから怪我をさせたことに責任を感じるのは当然と言えば当然だろうが。なおも青くなっているラウルをルーカスが見た。

「護衛ができない状態ならば騎士団に戻れ。カノン・エッカルトの護衛は俺がする」

「……我が君。我が君の護衛は……」

「俺が？　お前に？　守られなければならないと？」

　怒るでもなく、淡々と疑問符を浮かべた口調にラウルは俯《うつむ》いた。

　確かに、ルーカスは護衛など必要ないように思える。

「怪我をすればそこの色ボケ神官がいるだろう。職務を遂行できないならば戻れ」

「……承知、いたしました」

　ラウルが頭を下げて踵を返す。

　――ラウルの背中が完全に見えなくなってから、カノンは口を開いた。

「……今の言葉は、冷たくはないですか？」

「護衛の任を果たせずに、姫君に怪我を負わせたラウルを本来ならば罰するべきところだ。むしろ甘すぎるくらいだ。気が緩んでいる」

「それは、私が勝手に……！」

　なおも擁護しかけたカノンはルーカスの静かな赤い瞳を見てそうですね、とため息をついて撤回した。たしかに、今日のラウルは護衛としては浮ついていた。職務放棄を擁護してはラウルのためにもならないだろう。

「最近ラウルに元気がないのですが……ルカ様は何かご存じですか？」

「カノン様と陛下命のようなラウル卿が珍しいですね」

カノンの言葉にロシェ・クルガも同意する。ルーカスは肩を竦めた。

「護衛対象に気遣われるようでは話にならんな――ラウルのことはしばらく放置しておけ」

「何かあったんですか？」

「聞きたいか？」

楽しそうにルーカスが尋ねてくるので反射的に頷きそうになって、カノンは首を振った。

「……本人から聞きます」

「話したがらないかもしれんが」

「ならば、ラウルが言いたくなるまで待ちます。無理に聞くことではないでしょうし」

「人がいいな。まあカノン・エッカルトになら話すかもしれん。姫君は人たらしだ」

思いもしないことを言われてカノンは目を白黒させた。

人付き合いが苦手で陰気なのは自覚している、人をたらす技など全く持っていない。

「人たらし……!?　どこがですか!?　そんなこと、ぜんぜんっ……きゃっ」

引き寄せられて隣に座らせられてカノンは小さく悲鳴をあげた。

「自信を持っていい。トゥーランの皇帝の心を弄《もてあそ》んでいるのは充分たらしだ」

「弄んでなど、いませんっ！」

「では、無意識か？　余計に罪深い」

大真面目な顔で覗き込まれてカノンは顔を赤くした。さりげなく引き寄せられそうになったので、慌てて離れる。

こほん、と背後でロシェ・クルガが咳《せき》払いをした。

「お二人の仲がよろしいのは結構ですが、私の存在も思い出してください。陛下」

「まだいたのか、神官。カノン・エッカルトを治癒したのは褒めてやる。もう戻っていいぞ」

「ひどいですね」

気分を害された様子もなくロシェはやれやれと肩を竦めた。

ルーカスはうっすら笑った。恐れ知らずなこの神官を皇帝は実のところそこそこ気に入っているのではないだろうか。どうも、減らず口を叩《たた》かれるのが好きなようだ。

「カノン様経由で陛下にもお伝えいただければと思っていたのですが。お二人おそろいならば今、この場がよろしいかと。――皇太后《こうたいごう》様の件です」

ルーカスは無言で神官を見返した。カノンも隣で姿勢を正す。

ロシェ・クルガはここ数日は熱の下がらない皇太后の側で治癒にあたっていたはずだ。

「ご命令で皇太后様に付き添っていたのですが。結論から申し上げますと、私の治癒の力はあまり意味を成しませんでした」

「――皇太后陛下のお具合は、そんなに悪いのですか？」

「いえ、そうではありません。治癒を施すと一時的に熱が下がるのです。しかし、私や他の治癒師の力が薄まるとまた微熱が……あまり見たことがない例です――ただ」

ロシェ・クルガは首を傾げた。

優美な指が弧を描く。指先に蠟燭《ろうそく》のような火が灯《とも》る。

「ご存じの通り私は治癒だけでなく、炎の異能があります」

「以前、見せてもらったわ」

「はい。カノン様にはお恥ずかしいところを目撃されました。――ただ治癒の術に比べて炎はあまり使いたくないのです。うまく制御ができませんし、ひたすら疲れますから」

「皇太后の病状と、おまえの能力にどんな関係が？」

ルーカスの赤い目が興味深げに細められた。

「皇太后様から微弱ですが、私と同じく炎の気配を感じます。――たしか皇太后様はそういった異能はお持ちではないはずです……」

皇族は何かしらの異能を持つ者が多く、そうでなくても魔力が強い。

「皇太后が持つのは夢見の異能だ。――先見ともいうが」

予言の類《たぐい》だ。

「今はその能力はほぼないと本人は言っていた……どちらにしろ、炎は使えないだろう」

ふむ、とロシェ・クルガは顎に指を添えた。

「同種の異能を持つ人間しかわからないような微弱な炎です。それが皇太后様の内部から悪さをしているのではないか、と――」

「内部から、ですか？」

「ええ。カノン様。望まない熱がずっと体の内にあるような感覚がします。意に染まぬ炎が内部から身体《からだ》を燃やし続ける……同じ状態でしたら、若者でも疲弊するでしょう」

ましてや皇太后は老齢だ。

「――薬も効かず、癒しの異能も効かないとあれば、と。神殿内の祈祷《きとう》師に声を掛けました」

「祈祷師？」

耳馴染《なじ》みのない言葉をカノンがおうむ返しにすると、ルーカスの眉間に皺《しわ》が寄った。

こちらは心当たりがあるらしい。

「昔、異教徒を恭順させた時に無理やり神殿に取り込んだ時代がありまして。その頃《ころ》にひっそりと設けた職位ですから。あまり知られてはいないかと。東国では我らが使う異能を術と呼び体系化しています。魔力が少ない人間でも、異能を行使できるように」

「魔術書のようなもの？」

カノンは魔法を使えないが、魔術書を開けばそれを行使することができる。

「それに近いかと。――東では体系化された力をもっぱら呪いに使うこと多いようですが」

「呪い」

「祈祷師は、呪いから対象を守るために祈る者です。――皇太后様の具合は、私のような治癒師よりも祈祷師が祈る方が、格段に体調がよろしくなられました」

ロシエ・クルガは一旦《いったん》言葉を切って、ルーカスを水色の目で窺った。

「おそれながら陛下。皇太后様の体調不良の原因は病ではなく、呪いではないかと」

「皇太后様を？　誰かが呪っている……？」

カノンの言葉にロシエ・クルガは「憶測ですが」と口を開いた。

「東部に詳しい者の仕業かもしれません。皇太后様を診た祈祷師は、同じ症状を東部でも診たと言っておりましたので」

ルーカスは部屋にかけられた帝国の地図に視線を動かす。

トゥーラン皇国は大陸の中央にある。西にはタミシュ大公国を挟んでいくつかの小国があり、東には砂漠。砂漠を越えれば全く文化の異なる東の大国が存在する。

――商会を所有する貴族は自領だけではなく東に所領を持つ者も少なくない。東からの交易品は皇国の民に尊ばれ高値が付くからだ。

「東部、か」

「はい、陛下。具体的に言いますとラオ侯爵の、飛び地の所領で起きた中毒の症状と酷似《こくじ》している、と」

この神官は、さらりととんでもないことを言う。

それでは、まるで、ラオ侯爵家が関わっているかのように聞こえる。

「ラオ侯爵が皇太后様を呪ったとでも？　ラオ侯爵家は皇太后様と懇意だわ」

カノンの言葉にロシェ・クルガは動じなかった。ラオ侯爵が皇太后に何かをしたとしたら、それは謀反《むほん》だ。軽々しく口にしていいものではない。

「確証はありませんが。東部から来るものに警戒した方がよいか、と進言いたします」

「憶測にすぎないが、もう少し話を聞きたい。明日にでも祈祷師を俺の執務室に連れてこい」

ルーカスは軽く頷いて立ち上がった。

ロシェは頭を垂れてから皇帝を見上げ、首を傾げて少し笑った。

「讒言《ざんげん》と断じず、意見を聞いてくださることを感謝いたします」

「……我ら皇族は信心深いのでな――いけすかない神官でも信じれば多少の利益はあると期待しよう。祖母の状況についてお前の論は根拠が少ない。明日までにもう少しまともな話をまとめてこい」

「御意」

「さて俺は城に帰るが、姫君はどうする？　仕事があるならばつきあわなくてもいいぞ」

「用事は終わりました。一緒に戻ります」

そうか、と頷いた皇帝はカノンに近づくと、難なく抱き上げた。

「きゃっ……、わっ、ルル、ルカ様!?」

「帰るぞ。転移した方が早い」

いきなり抱きかかえられて動転するカノンを腕の中に収めたまま、ルーカスはロシェ・クルガを一瞥すらせずに踵を返した。赤くなるカノンを苦笑する風の神官が見送る。

そのまま扉を出ようとするルーカスに「おろしてくださいっ」と小さく抗議すると「いやだ」と子供のような答えが返ってきた。

「こんなところを誰かに見られたら！　どうするんですかっ」

「仲の良い恋人同士の微笑ましい触れ合いと喜ばれるのでは？」

「場所を考えてっ……きゃっ」

扉をくぐった瞬間に、眩《まぶゆ》い光となにかがぐにゃり、と曲がるような、覚えのある感覚がおそってきてカノンは目をつぶった。恐るおそる目を開くと、見慣れたルーカスの執務室にいた。

ルーカスの力で転移して戻ってきたのだ。

突然の二人の登場に驚いた様子もなく皇帝付きの文官であるキリアン青年は朗らかに「おかえりなさいませ」と頭を下げた。

「以前から不思議だったのですが、ルカ様は転移門がない場所でも移動ができるのですね？」

「無条件ではないぞ。対角線上で障害物がなければ見える範囲なら移動できる。——それ以外は知っている場所でなければならなかったり、少なくとも片方には拠点が必要だったり、な」

ルーカスは笑ってカノンを床におろした。カノンは、ほうっと息をついて床にへたり込んだ。

急な転移でほんのすこし眩暈《めまい》がする。

ルーカスは、カノンの手を取って見つめる。

「怪我は、もうどこもないらしい」

「……ロシエが治癒してくれたので……」

「治癒とはいえ、あれの手が触れたのは腹が立つな。消毒しておこうか」

眉間に皺が寄ったのでカノンはクスリと笑った。

「それよりも……申し訳ありませんでした。図書館の棚が倒れるなんて。すぐに再発防止につとめます」

棚が倒れたのがカノンに向けてだったのは不幸中の幸いだった。もしも子供たちに何かあったらと思うとぞっとする。

「いや、昼間のことは姫君のせいではない。警備を強化しよう」

ルーカスは真顔に戻ってカノンの目を覗き込む。

「ルカ様？」

「あの棚には細工がされていた。倒れやすいように。下部の螺子《ねじ》がいくつか抜かれ、さらにはわずかに、誰かが異能を使った気配もあった」

「……え？」

カノンは本棚が倒れる直前の違和感を思い出していた。背の高い男が不自然にカノンの側に来てすぐに去っていった……。それに、なにかが弾けるような音がしなかったか。

あれは……。

「偶然ではなく姫君を狙って棚を倒したのかもしれない」

皇帝の言葉にカノンはその場で凍り付いた。

「議会といい、皇太后の件といい。何やらきな臭い。――悪いがしばらくは大人《おとな》しくしておいてくれ」


「カ・ノ・ンちゃーん、あっそびましょー」

『皇帝の寵姫《ちょうき》であるカノン・エッカルトは誰かに命を狙われているのかもしれない』ルーカスからそう告げられて数日、カノンは自分に与えられた宮の中で過ごしていた。

「しばらくは皇宮か警備が厳重な皇宮図書館で過ごし、外出の際はシュートを伴え」

ルーカスにはそう言われたが、自分が得体のしれない誰かに狙われているかもしれないと思うと図書館に行くのもはばかられ、宮中を歩き回る気にもならない。

己の身だけならともかく、誰かを巻き添えにしたらと思うと恐ろしい。――児童図書館で本棚が倒れてきた時、あの奇矯な青年が本棚を支えていてくれたからカノンは大きな怪我をせずに済んだ。もし、彼がいなかったら？　……もし、カノン以外の小さな子供がいたら……？

ならば、と解読途中だった魔術書を部屋に持ち込んでみたものの解読は困難を極めた。

古代語は文法が今の大陸の公用語と違うし、単語も使っている文字の数も違う。そもそもが難解だし、さらにカノンが今解読しようと思っている魔術書はどうも、文字が特殊なのだ。

それでもなにか今まで解読した古代語と類似性がないかと頭を捻ってみたが一時間もしないうちに行き詰ってしまう。

「私って、学者になる才能はないのね……」

「カノンちゃんっ？　カノンちゃんってば!!　！　ていっ」

「痛いっ」

思考に沈んでいたカノンは、ぺしっと可愛《かわい》い肉球つきの前脚で頬をはたかれて我に返った。

白いフワフワの猫がカノンの膝《ひざ》に乗ってごろにゃんと無防備に腹を晒《さら》している。

「ジェジェ!?　いつからそこにいたの？」

「もうっ十分前からいたよ！　側にいる僕の魅力に気づかないなんてどうしちゃったの」

「ごめん……。考え事をしていたの」

「もーっ！　部屋でうじうじ悩んだって解決しないよお。遊びにいこ！」

「それはそうだけど。……ジェジェ、皇太后様の側にいなくてもいいの？」

「ダフィネはロシェ君が連れてきた神官のおかげで元気にしているよ」

ロシエ・クルガの言っていた祈祷師だろうか。よかった、とカノンが胸をなでおろし、外出しようかしまいか思案していると、侍女に頼まず自らで茶を運んできてくれたシュートもジェジェの誘いを後押しした。

「気分転換もかねて、少し出歩かれては？　私が護衛いたしますし」

そうね、とカノンも頷く。

「……皇宮図書館に行こうかな」

皇宮図書館の第二ならば入館できる人間は限られるし、帝国一と名高い剣士のシュートが護衛してくれるとあれば安心だろう。

「いいねえ、僕とお散歩しよっ！」

ジェジェがぴょんとソファを飛び降りた。ぴんっと立てられた尾っぽが左右にご機嫌に揺れるあとを追ってカノンも部屋を出る。

転移門を使えば、すぐに皇宮図書館にたどり着いた。

カノンとシュートの姿を認めると図書館付きの衛兵たちは慌てて扉を開く。

「館長。お具合を悪くしていたとお聞きしましたが、もう体調はよろしいのですか？」

そういうことになっていたらしい。衛兵の気遣いに、カノンは苦笑した。

「心配してくれてありがとう。もう大丈夫よ」

図書館に入ると何やら資料を探している役人風の男女がいた。カノンが着任したての頃はただの大きな本棚、といった風情だったが以前の何倍も利用者が増えたことがカノンには嬉《うれ》しい。

「職場に来ると落ち着くわ。本が側にたくさんあるのって幸せね」

「イレーネも同じことを言っていたよ」

ぴょんっと大きく跳ねてジェジェはシュートの頭に飛び乗った。騎士の頭の上からカノンを見下ろしながら鼻をひくひくとひくつかせる。

「お母様も？」

「うん。イレーネは体が弱かったから。お散歩するのを日課にしなきゃ！　ってダフィネに言われて書庫と庭をよく往復していたんだ。皇宮図書館にもお気に入りの場所があって」

チョイチョイとジェジェが前脚で指し示す。北向きにいくつか自然光がさしこむ窓があり、そこの近くの椅子《いす》に座って本を読むのがイレーネのお気に入りだったという。

「……お母様のお部屋にも、大きな窓があったわ」

懐かしいとカノンは目を細めた。

皇宮は若かりし頃の母イレーネが過ごした場所だ。あちこちに彼女の気配が残っている。

病気で寝付く前、母イレーネはカノンを連れて数か月に一度は皇宮を訪れていたようだが、病で体調を崩しはじめてからは、母はほとんど伯爵邸から外に出なかった。

父グレアムが「やつれた顔を外に晒すな」と嫌がったからだと聞いている。

いつも母が側にいて一緒に本を読んで遊んでくれたから。カノンは母の病が重篤《じゅうとく》になるまでは愛された子供だった。母が亡くなって父に冷遇されてからは寂しい暮らしではあったけれど、誰かに愛された記憶は自分の芯として心の中にある。

カノンは母がいてくれたから幸せだったけれど、母はどうだっただろう。

皇太后に大切にされた皇宮であのまま過ごしていれば、別の幸せがあったのではないか。

「……母上の楽しい思い出は、全部皇宮にあるのね」

パージル伯爵家に嫁がなければ。――カノン・エッカルトを産まなければ。母には別の人生もあり得たかもしれない。

「カノン様？　どうかなさいましたか」

シュートに名を呼ばれ、顔を上げる。

「いえ。母を思い出して感傷に浸っていました。シュート卿は母に会ったことはありますか？」

「ずっと昔、ダフィネ皇太后のお部屋でお姿をちらりとお見かけしたことがありますよ。小さなカノン様を連れて挨拶《あいさつ》にいらしていた時ではないかと。……カノン様をお見かけはしなかったのですが……」

「僕がカノンちゃん連れてお庭を散歩していた時じゃない？」

「そうかも。遊んでもらったこと、覚えていなくてごめんね、ジェジェ」

「いいんだよ。これからたくさん、思い出を作っていこうね」

猫の妙に気障《きざ》な口調にカノンは笑ってしまった。

シュートは二人を微笑んで見守ると自分はここで、と立ち止まった。

「図書館内では滅多なこともないでしょうから、私はここでお待ちしています。ジェジェ、あとは頼みましたよ」

「シュートのくせに僕に命令するとかやめてくれる？　さ、カノンちゃん行こっ」

せっかく図書館に来たのだから何を読もうか、と考えて、カノンは東部の伝承についての文献を探してみようと思い立つ。ロシェ・クルガの「皇太后の病と同じ症状を祈祷師が東部で診た」という言葉が気になったからだ。

カノンは「民俗学」の棚に足を向けた。カノンの命で、現在トゥーラン皇国の公的な図書館及び皇宮の図書は大きく十項目に分けている。項目をさらに十項目で分けているので百区分。カノンが司書だった前世で使用していたルールだ。本当はさらに十区分して書籍を千項目に分けるのがいいが、そこまで浸透させるのにはまだ時間がかかる。……と、民俗学の棚の方向から、押し殺した声が聞こえてきた。

「こんな辛気《しんき》くさいところで何を探しているんだ」

「辛気くさいって……。図書館が賑《にぎ》やかだったら嫌でしょう？　東国の伝承について書かれている本を探しているんです。このあたりにあるはずだから。あなたこそ、こんな似合わない場所で何をしているんですか？　あなたに字を読む能力があるなんて知らなかったな」

「なんだ、その顔。馬鹿にしてんのか」

男性二人の話声にカノンは足を止めた。

東国の伝承をカノンの他にも探している人がいるのか。しかし、何だか口喧嘩《くちげんか》をしているようにも聞こえる。争うようなら止めなくちゃ、とヒョイ、と覗いてカノンは固まった。

「――これは失礼。生まれつきそういう顔なので」

「っとに可愛くねえな……」

蒼白《あおじろ》い顔をした痩身の青年が、騎士服に身を包んだ男性と話し込んでいる。

暗褐色にも見える赤い髪に見覚えがあって、カノンは慌てて身を隠した。

「どうしたの、カノンちゃ……ふんにゃっ!!」

「しーっ、ジェジェ。ちょっと静かにしていて」

白猫を抱き上げてカノンは本棚の陰に隠れ、彼らの死角から覗き込む。

黒髪の騎士風の青年はカノンに背中を向けているので表情が見えないが、赤い髪の青年の顔は、はっきりと見える。

「……やっぱり、あの時の人だ」

児童図書館でカノンを助けてくれた人。しかし、その直後にカノンの指を舐めるという奇怪な行動をして去っていった青年だ。

青年たちはカノンに気づく風でもなく会話を続けている。

「僕は忙しいんですから、邪魔をしないでください。そもそも、あなたみたいな人がこんなところに潜り込んでいいんですか？　処刑になりません？」

「なってたまるか。人を悪人みたいに言うなよ」

「悪人でしょうよ……」

「馬鹿を言うな。皇宮の偉い方に正式に雇われてんだよ。……ったく。後で俺のところに来いよ。酒でも奢《おご》らせてやるから」

「なんで僕が奢る方なんだか。ここは東じゃないんだから、あなたの世話なんかしませんよ」

「冷たいな！　腹が減っているんなら食わせてやってもいいんだぜ。いつも同じ味じゃ飽きるだろ」

「――あなたなんか食べたくないですよ。……大体、なんで僕に絡んでくるんです」

なんだか二人の会話に違和感があってカノンは首を傾げる。食べるとはなんだ。

二人は旧知の間柄らしい。黒髪の青年はつれない言い草に、肩を竦めた。

「お前の弟から頼まれてんだよ。兄貴が妙なこと考えてないか見張っといてくれ、ってな。顔が蒼いぜ」

「ここ最近眠れていないだけだ……。それに、妙なことなんか考えてない。僕はただ東の魔物の文献を探しているだけだ」

「魔物ぉ？」

「そう、かつて東の土地にいて、人を呪ったという東の魔物……」

「陰気なモンを調べてんな。お前も……ま、いいや。飽きたらまた遊ぼうぜ」

カノンは動きを止めた。ロシェ・クルガの言葉を思い出したからだ。

本当に誰かが皇太后を「呪っている」のかもしれないという警鐘。

あの青年は、東部の呪いだなんて、そんなことを調べているのだろうか。

できればもっと近くで聞きたいと身を乗り出した時、青年と話をしていた黒髪の男が動いたので、カノンは再び本棚の陰に身を隠す。

しかし……、

「じゃーな。キシュケ」

黒髪の男が口にした青年の名前にドクン……、とカノンの心臓が跳ねる。

「キシュケ？」

聞き覚えがある不吉な名前を舌の上で転がし、それから青年の風貌を本棚の陰から盗み見る。

「……ひょっとして……」

彼を観察したカノンの背中をひやりとした感触が走る。まさか。

固まったカノンに黒髪の男が近づいてくる。男から隠れるために、カノンは慌てて本を手にし、読むふりをして顔を隠した。

カノンの腕からぽてっと落とされたジェジェが「いたひ……」と足元で呻く。

ジェジェに気を取られたのか、男の足音がカノンのすぐそばで止まる。盗み見たことがばれたかも、カノンが冷汗をかいていると、

「お嬢さん、本が逆さまですよ」

低く柔らかな声で指摘される。カノンは声を裏返させた。

「あっ、ひゃい、すいませんっ……お気遣いなくっ！　文章を逆さで読む練習中ですっ！」

小声で意味不明な言い訳をしていると、男は「ははっ」と軽く吹きだしたが、それ以上は詮索せずに足取りも軽く去っていく。

ほっと肩を落としたカノンは視線で男の背中を見送って、首を傾げた。

騎士風の男にもどこかで会った気がする……思い出そうとしたがカノンは首を振った。今は、男が誰なのかを思い出している場合ではない。それよりも、確認すべきことがある。

カノンは震えそうになる手を胸の上に置き、大きく深呼吸をして一歩踏み出す。

キシュケは先ほどの男のことなど忘れたかのようにまた書棚を睨《にら》んでいる。

「キシュケ・ランベール卿《きょう》」

カノンが声をかけると訝しげに青年はこちらを見た。

「……何か御用ですか」

「やっぱり、そうなのね。キシュケ・ランベール。あなたが……！」

カノンはあらためて青年を眺めた。

特徴的な髪色、耳に心地よい美しい声。背が高いのに猫背で、寝不足なのか目の下には濃い隈がある。ヒントがこんなにも散らばっていたのに。

どうして気がつかなかったんだろう。


——目の前には、カノンが前世でプレイしていた乙女ゲーム「虹色《にじいろ》プリンセス」の攻略対象の一人、キシュケ・ランベールがいた。


キシュケ・ランベール。

「暴食」の業を持つ攻略対象の一人は東部の生まれだ。

商会を営む裕福な子爵家の長男でつい最近爵位を継承した。営業は家族に任せているが、経営に関する手腕は確かなもので彼は近年、ランベール商会を大きくしている。

彼は奇矯な行動をとることでも有名で、偏食がひどく、どんな夜会に赴いても水以外は口にしない。そして、潔癖でいつも手袋をしている。

また、持病の治療のためにと古今東西の薬や果ては毒やそれに関する情報を集めていて詳しい。王道ではないが、癖のある容姿とひねた性格が一部のプレイヤーに深く刺さっていたキャラだった。

キャラグッズをうずたかく積み上げて「祭壇」と呼ぶファンをＳＮＳで何人も見かけ、人気の凄まじさに絶句した記憶がうっすらとある。

「……いかにも。僕はキシュケ・ランベールですが、それが何か？」

面くらった様子のキシュケの前で、カノンはがっくりと肩を落とした。やはり！

そもそも「虹色プリンセス」はヒロインにしてカノンの義妹、シャーロットの物語だ。

彼女が七つの業を抱えた攻略対象たちを癒すことで皇国を救う。彼らの救済に失敗した場合、攻略対象たちの業は暴走して……、このトゥーラン皇国は亡《ほろ》ぶのだ。

ちなみに悪役令嬢たるカノンは、ご丁寧にどのルートでも死ぬ。

婚約者だったオスカールートでは生き埋め、神官のロシェ・クルガが闇《やみ》落ちすると断頭台送り。皇帝ルーカスのルートではお前は不要だと彼に惨殺される運命。

……キシュケルートでは義妹を想う彼にめった刺しにされ、心中に巻き込まれたはず。

「僕のいない世界でも、君が幸せならばいいんだ、シャーロット」

――というキシュケの献身を表す名言に涙したファンは多いはずだが、他人への愛の表現として心中に巻き込まれるカノン・エッカルトとしては、美談の踏み台にされるのだから、憤懣《ふんまん》やるかたない。

「眩暈がしてきたわ」

絶対に会いたくなかったのに、またしても攻略対象に遭遇してしまった。泣きそうだ。

ヒロインが一人しかいない世界でも攻略対象は世界には存在する。だからシャーロットに救われなかった攻略対象たちは業を抱えたまま苦しんでいる、ということなのだろうか？

このまま出会わなかったことにして逃げるかカノンは逡巡《しゅんじゅん》した。

逃亡すればカノンの足を絡めとって滅亡へと手ぐすねを引く因縁は、己を見逃してくれるのだろうか。いいや。とカノンはため息をついた。

ロシエ・クルガの時だって、逃げようとしても、いたるところで絶対に会ってしまう謎《なぞ》の強制力が発生したのだ。今回も諦《あきら》めて対処するしかないだろう。

「いきなり名前を呼んだと思ったら黙り込んで。妙な方ですね」

カノンの内心を知りえないキシュケは呆れ声だ。カノンはきっと顔を上げ、青年を睨んだ。

「街で私に無礼を働いておきながら逃亡したあなたの方が妙な方、ですからね！　……その顔、忘れていませんから！」

カノンは背中に流していた髪を児童図書館にいた時のように手でまとめてみせる。男はカノンの顔をまじまじと見ていたが、カノンが誰なのか気づいたようで、ぎょっと身を引いた。

「――ご令嬢は、あの図書館の……」

「そう、あの時の。あなたに命を救われたけれど、指を噛まれて叫び声をあげた女です」

キシュケは首を左右にブンブンと振った。

「か、噛んでなどいない……！　舐めただけ……あっ……」

「舐めたじゃないですか！」

「い、いや。僕とご令嬢は初対面だっ、――さようなら」

キシュケは脱兎《だっと》のごとく逃げ出そうとした。

「待ちなさいっ。図書館で走らないでっ」

「ご令嬢が悪魔のような形相《ぎょうそう》で追いかけてくるからでしょうっ！」

「あく……、つくづく失礼ですねっ！」

悪役とか悪とかいう評価には若干トラウマがある。逃げられてたまるかとカノンは青年を追いかけた。逃げるキシュケを捕まえようとして、手を伸ばしもう少しで服に手が届く……、といったところでカノンの手が空を切る。

ぐらり、と足元が瓦解するような感覚を覚えて、――視界はいきなり暗転した。

◆◆◆

――暗闇で、誰かがうずくまっている。

（……お腹がすいた……）

上等な絹の服を着た少年が、ベッドの上で震えながら己の膝を抱いている。

（お腹が、すいた……）

異様な部屋だった。いや、調度品自体は素晴らしい。

広い部屋の床には複雑で美しい模様に編み込まれた毛足の長い絨毯《じゅうたん》が敷き詰められている。中央には深いこげ茶の木目で設《しつら》えられたテーブルと椅子があり、椅子の脚は緩やかで上品なカーブを描いてふかふかとした絨毯に沈み、座面は生地張りに金糸で蔦《つた》と草がステッチされていた。背もたれは一枚板の透かし彫り。どれもこれも値が張る逸品だと一目でわかる。

広い部屋の中、天蓋《てんがい》付きのベッドも豪奢《ごうしゃ》だったが、その天蓋の真下で、少年は震えているのだった。

髪の毛は赤。しかし鮮やかな緋《ひ》色ではない。光の加減なのかもともとの色味なのかより暗く禍々《まがまが》しい。

手に掴《つか》んだものは、パンだろうか。

両手でパンを掴んだ少年は口にそれをほおばり、ガツガツと一心不乱に噛みついては、はた、と動きを止め、嘔吐《おうと》した。

(だめだ……だめだ、だめだっ……全然っ、全然お腹がいっぱいにならない！　何を食べても！　もう、いやだあ)

少年は泣きながら目の前に置いていたパンを床に投げ捨てた。

よく見れば同じように食べ物が散らばっている。パンや、肉や、野菜や菓子。

豪奢な部屋の内装に反して異様な気配がするのは、部屋のあちらこちらに食べ物が散乱しているからだった。

さめざめと泣いていた少年は部屋の外から聞こえてきた足音にびくりと身を竦めた。シーツを被《かぶ》り、お化けのようになりながら再び震えている少年の下に、バンッ！　と勢いよく扉が開いて、貴婦人と紳士が駆け込んできた。

（キシュケ……！）

少年の両親は青褪めて少年に駆け寄ろうとする。

（来ないでっ！　……母上、父上っ！　来ないでよっ！　来ちゃ、だめだっ……！）

シーツで外界と己を遮断していた少年は、しかし、己の両親に布ごと抱きしめられた。

（キシュケ……！　私たちがいない間に、発作が起きてしまったのね……）

（……つらかっただろう……！）

少年は泣きべそをかきながら、いやいやをする。

（父上、母上――この部屋に来ちゃだめだっ……）

じゃないと、と。少年はぶるり、と震えた。

その体が不自然に歪む。あああっ、と叫んだ少年は、なおもきつく己を抱きしめた母親の腕を掴むと大きな口を開けて、噛みついた。

母親が痛みに鋭い叫び声をあげる。少年はうっとりと母親の傷口から流れる血を舐め、……それを恍惚《こうこつ》として嚥下《えんげ》する。やがて、痛みに耐える母親の顔と、自分が何を口にしていたか気づいて、悲鳴をあげた。

(違う！　違う！　違う！　僕は違う……!!　僕は……!!　血なんか欲しくないっ！)

父親が悲しそうに少年を抱きしめる。

(おまえは悪くないんだ、キシュケ……悪いのは父さんだ……)

少年はベッドから転がり落ちて、絶叫した。

(食べたりしない!!　僕は人間を……!!　タベタクナンカナイっ……!!)

◆◆◆

カノンは少年の悲痛な叫び声から目を逸らした。

照明がすべて消えたかのように、暗闇が訪れる。

恐るおそる目を開くと、カノンは見知った場所にいた。

がらんとした部屋に机と椅子、それから本棚には七冊きりの本。

本の背表紙には「虹色プリンセス」の攻略対象に割り当てられた七つの大罪がそれぞれ刻まれている。

ゲームの「虹色プリンセス」でデータをセーブする場所に酷似したこの地下室にカノンは入ることができる。ただし皇宮図書館に攻略対象がいる場合のみ地下室の階段は現れる。

今まではそうだったのだが、

「……あの地下室とは離れた場所にいたはずなのに……。どうしてここに来たの？」

今までは、いきなり地下室に入ることなどなかったのに。訝しんだカノンの目の前をからかうように、ヒラヒラと本が舞う。手に取った黒い本の背表紙には、キシュケ・ランベールの名前と彼の「業」が刻印されている。

暴食のキシュケ……。

「本よ。暴食のキシュケを司《つかさど》る魔術書よ。汝《なんじ》の真実を我に示せ」

本は淡く光ったが、カノンの手からふいっと逃《のが》れる。

「……お願い、あなたのことを教えて……」

カノンの手から嫌がるように逃れた本を追いかけて掴み、再び命じると、黒い本は渋々とページを開いてみせた。淡い光が本から漏れて地下室が照らされ、カノンが瞬《まばた》きした次の瞬間、先ほどの部屋の光景が眼前に広がる。


セピア色の世界の中、一人の青年がベッドの上で本を読んでいた。

家具は変わっているものの、壁紙や間取りで、先ほどと同じ部屋なのだとわかる。

成長したキシュケの前にはキシュケとどこか似た面差《おもざ》しの青年が立っていた。

（キシュケ兄さん、体調は大丈夫？　取引先で倒れたと聞いたよ。食事を我慢するから……）

キシュケは首を振った。

(リオン、お前の兄は虚弱なだけだ。いちいち気にしていたら身が持たないぞ)

(そう？　気分がよくなったなら、一緒に食事をしよう。父上も母上もお待ちかねだ)

キシュケは肩を竦めた。

(読んでしまいたい書類があるから、僕の分だけ部屋に運んでくれ)

(兄さんは働きすぎだ。少し休憩を……)

(働く以外に僕に価値はないからな。負債を取り戻さなければ)

リオン、と呼ばれた青年は悲しげに兄を見つめた。

(負債だなんて……どうして、僕を。僕たちを避けようとするの)

茶化そうと口を開いたキシュケは、弟の悲痛な表情に気づいて、ため息をついた。

(僕には極力構わなくていい。……放置してくれ)

(そんなことできないよ！　家族なんだ。苦しい時は助け合わなくちゃ)

(充分に助けられている。しかも一方的に)

(一方的なんかじゃない。兄さんが自分を犠牲《ぎせい》にして働いてくれるおかげで、ランベール商会はここまで大きくなったんだ。——ねえ兄さん、僕にも、もっと頼ってよ)

(……仕事中毒なだけだ。……兄の楽しみを奪わないでくれ)

軽口に、弟はニコリともせず、キシュケはややあって、はあ……とため息をついた。

窓辺に寄って外を眺める。中庭では使用人の子供たちが走り回って遊んでいる。

（バケモノの僕に血を分けて、殺さずにいてくれる。それだけで充分なんだ、リオン）

暗く笑う兄に、弟は首を振った。

（そんなこと言わないでくれ！）

リオンが悲痛な声をあげて兄の肩を掴む。

キシュケは反射的にその手を払い、傷ついた表情の弟を見て、わずかに顔を歪めた。

（……感謝しているんだ、本当に。お前にも父上にも、母上にも。こんな僕を迫害せず、殺さず……家族として遇してくれる……）

（そんなの、当たり前だよ）

（当たり前なものか！　僕は……、他人の血を啜《すす》らなければ生きていけない）

（だからなんだよっ！　薬と同じだ。そんなこと気にしなくていいんだ）

キシュケは顔を覆った。

（……今は、それで我慢できている。だがリオン。いつまで、今のままでいられるんだろう……。予感がするんだ。僕はきっと、いつか、……血だけじゃ我慢できなくなる……）

（考えすぎだよ）

キシュケはゆるゆると首を振った。

（昨日、取引先のご令嬢が転んで怪我をしたんだ。転んだ拍子に足を、ざっくりと、切って）

西の窓から陽《ひ》が差し込んで、兄弟の間を縫うように暗い影が伸びていく。

(僕は……心配するよりも先に……。あの肉に噛みつきたいと思ったんだ)


ぱたん、と音を立てて本が閉じる。

「……血？　人の血、ですって？」

カノンは暗い部屋の中で呆然と呟《つぶや》いた。閉じられたキシュケの本が、悲しげにカノンの側をくるりと回りカノンの腕の中に納まる。

キシュケの業は「暴食」。ただ、ゲームの中の彼は菜食主義者だったはずだ。過去、目の前で弟が死んだトラウマから肉を食べられない偏食家。

だが闇に落ちた彼は箍《たが》が外れたように血を求めて周囲の人間を血祭りにあげるのだ。

「確かに、キシュケは人の血を見ることに愉悦を覚えていたキャラだけど……実際に吸血するなんてエピソードはなかったはずだわ。私が知らないだけなの？　――それに、弟のリオンはゲームと違って生きている……？」

ゲームでは商会を手伝っているのは親戚《しんせき》たちで弟はいなかったはずだ。知っているゲームの展開とあまりに違う。

考え込むカノンの周囲が、パッと明るくなった。

カノンは明るさから目を背ける。

そろそろと目を見開くと、元いた場所に戻っていた。

「地下室から……追い出された？」

カノンが呆然と呟く。いつも地下室が出現するあたりではない。先ほどキシュケとカノンがいた場所に戻されている。

「……今のは、いったい……リオン……？」

カノンの手が届く距離で、キシュケが己の手を見つめて呆然としている。

彼もあの幻覚をカノンと一緒に視《み》たのだろうか？　攻略対象と情報を共有する——、それも今まではなかったことだ。

カノンの視線に気づいたキシュケは慌てて立ち上がった。ふらつきながらも、カノンから往生際悪く逃げようとするので、カノンは慌ててキシュケを指さした。

二人の側で、目を丸くしているジェジェに頼んだ。

「ジェジェ！　……あの人を止めてちょうだい」

「はいよっ」

ぽんっと可愛い音がして、ジェジェの体が大きくなる。

「ばっ……化け猫!?」

キシュケが悲鳴をあげ、図書館の中にいた役人たちが声に驚いてぞろぞろと集まってくる。

ジエジエはキシュケの上にどすん、と上乗りになってから、ふんす！　と鼻を鳴らす。

「にゃっ！　失礼しちゃうな。僕は偉大にして高貴なる霊獣ジェセルジェアレナージェ様なんだけどっ」

「ジェセ……？　ジエジエっていうのは、愛称だったの？」

「いかにもぉ」

ジエジエが自慢げに前脚で床を叩き、猫の下敷きになったキシュケが「ぐえ」と声をあげた。

「あっ……ごめん、ジエジエ。その、その人お客様だから、丁重に扱って……」

「え。そうなの？　あいつと喋《しゃべ》っていたから悪者なのかとばかり。ねえ、お兄さん、息してるぅ？」

「むり、重いっ……しぬ……」

キシュケは呻きながら降参とばかりに床をバシバシ叩いた。

「あいつ？」

ジエジエは先ほどキシュケと話していた黒髪の男と知り合いなのだろうか。

カノンがおうむ返しに聞いた時、何事かと駆けつけてきたシュートは惨状に目を丸くした。

白猫のもふもふとした胸毛に押しつぶされているキシュケを指さす。

「シャント伯爵。この青年は？」

「ええと、その……つい先日私を助けてくれた命の恩人です」

「はい？　……恩人？」

騎士が呆気《あっけ》にとられて床に這《は》いつくばっているキシュケを眺める。

カノンは頷き、白猫はぽんっと小さく姿を変えた。

酷《ひど》い目にあった、とふらつきながら半身を起こした青年にカノンは手を差し伸べた。

「キシュケ・ランベール様。先日は危ないところを助けていただき、ありがとうございました。あなたは命の恩人です」

「……命の恩人という割には、今、まさに僕を殺そうとしていませんでしたか？」

「そんな。勘違いです」

自信満々に言い切るとキシュケはたじろいだ。

「そもそも、あなたは誰ですか……」

もっともな疑問に、カノンは答えた。

「失礼しました。私はカノン・エッカルト・ディ・シャントと申します」

「……カノン・エッカルト？　……ディ……、シャント？」

訝しげに繰り返したキシュケは、背後に控えたシュートを見て、あっと言葉を呑《の》み込んだ。

「ヴィステリオンの……！」

「私をご存じとは光栄です。キシュケ卿。こちらは太陽宮にお住まいのシャント伯爵です」

太陽宮。つまりは皇帝の宮の一画に住む伯爵で名家出身の剣士を護衛として伴う女性など一人しかいない。

そのことに気づいたのだろう、青褪めたキシュケは額に手を当ててよろめいた。

「皇帝の寵姫に無礼を働くなんて……。やはり僕は死ぬ運命だ。——もう、終わりだ……」

不穏な台詞《セリフ》を吐いたキシュケはそのまま、バタリと後ろ向きに倒れてしまう。

「大丈夫ですかっ！」

失神しているかと思われたキシュケだが、シュートは彼を抱き起こして呆れたようにカノンを見上げた。

「伯爵、ご心配なく。健やかな寝息が聞こえております」

「寝息？」

「……この状況で眠れるとか、……図太い人だなあ」

カノンは安心したが背後の足音にびくりと肩を震わせた。

まずい、静寂が似つかわしいこの皇宮図書館で何事かと集まってきた野次馬たちが、「司書姫が……」「シャント伯爵が男と揉《も》めた？」「またか……？」とヒソヒソ声で話し始めている。

司書姫って何なのよと思いつつ、咳払いをしてシュートに頼む。

「……大変っ！　いきなりこの方が倒れられたわ。手当てをしなくっちゃ!!　シュート卿、救護室に運んでくださいますかっ！」

シュートは苦笑したが、「おおせのままに」と救護室まで彼を背負って移動してくれる。

ベッドの側に腰かけながらカノンは眠っているキシュケを眺めた。蒼白い顔で頬がこけている。――騎士風の青年に眠れていないといったのは本当のようだ。

「キシュケに不眠の設定なんか……、あったかな」

そもそもカノンはゲームのキシュケをそこまで推してはいなかった。イベントもオート機能で流し見をしていた。一見穏やかに見えて闇が深く、「暴食」の業を抱えていたキシュケ。

「細かい設定が思い出せない……」

「何がだ？」

「きゃっ」

カノンが頭を抱えていると背後から涼しい声が降ってきて、思わず悲鳴をあげた。てっきり現れると思っていたシュートではなく、ルーカスがそこにいた。

「ルカ様？　お仕事は？」

「書類をキリアンに押し付けて抜けてきた。ついでにシュートを帰らせたから少しは効率がいいだろう」

皇帝の息抜きのたびに駆り出される側近たちにカノンが同情していると、ルーカスは己が座れるように椅子をもう一つ持ってきた。

どかっと座り込んで足を組み、キシュケを見下ろす。

「で？　どうして姫君は俺を放置して他の男の看病をしているんだ？」

不機嫌な皇帝の圧におされたのか、眠ったまま、キシュケの眉間に皺が寄った。

悪夢でも見ているのか、うう……、と呻く。

「図書館で人が倒れたので……。館長としては責任をもつのが……その、当たり前かな、と」

「命の恩人らしいな？　シュートが去り際に言っていたぞ？」

「そうなんですっ……なので、恩返しというか」

ふぅん。とルーカスが目を細めてカノンとキシュケを見比べる。気のせいか視線が剣呑《けんのん》だ。

「カノン・エッカルト。この男を妙な奴と呼んでいたらしいが、――どういうことだ？」

カノンはしまった、と口を押さえた。そういえば先ほどキシュケのことをそう呼んだので、シュートにも聞こえていたのかもしれない。脳裏に浮かぶ笑顔のシュートに恨みますよ！　と身勝手なことを思いつつ視線を彷徨《さまよ》わせる。

「そんな失礼なことを言ったでしょうか……？　記憶が曖昧《あいまい》で……」

明後日の方向を見ていると、キシュケが、さらに、うう……と呻いた。

「舐めてない……僕は、指なんか……ううっ……」

「舐め……？　何を舐めたと……？」

ルーカスの眉間に皺が寄る。なんという寝言を言うのか！

カノンが慌てて「あーっ」と大きな声を出すと、ルーカスが半眼になった。

「不穏な言葉が聞こえたが？」

「気のせいです、ルカ様っ！」

仮にも皇帝の寵姫が路地裏で子爵と逢引《あいびき》し、指を舐められた……。

真実は違うが事実と言えなくもない。雇われ寵姫の分際で浮気まがいのことをしたといえばそうなので、カノンとしては非常に肩身が狭い。ルーカスが怒りに任せてカノンを断罪したらどうしよう。カノンがあわあわとしている背後で、ベッドでもぞもぞと動く気配があった。

「うっ……ここは……」

青褪めた顔でキシュケが起きる。

「……キシュケ卿！　おめざめですかっ！」

カノンはここぞとばかりに喜んでキシュケの方を見たが彼はあからさまに嫌そうな顔をした。構わずにカノンは畳みかける。

「先日は、私の命を救ってくださり、ありがとうございました！　おかげで怪我をせずに元気です。ぜひお礼をさせてください！」

私たち、それ以上何もなかったですよね。何も言わずにただ頷いてほしいという切な願いを笑顔いっぱいに込めて見つめると、キシュケはなぜか引き気味にのけぞった。

「……礼など結構です、伯爵。気分はよいのです。ですので、もう、お捨ておきください」

キシュケは幻影の中で彼の弟の言っていた通り吸血の衝動に苦しんでいるのだろうか。

だから血を吸ってしまったカノンにも近づきたくないのかもしれない。

「ですが、命の恩人ですから……本棚の下敷きになっていたら死んでいたかもしれません」

それにあなたを避けたとしても、またどうせゲームの強制力で会いそうな気がするのよ……

と思いつつカノンが言い募ると、キシュケは重いため息をついた。

彼が醸し出す陰気さで部屋の明度が減ったような気さえする。彼を取り巻く空気は重い。

「あなたが陛下の寵姫だと気づいていたなら、目立つ真似《まね》をして助けたりなどしませんでした。たまたまです……それよりも、僕が伯爵の指を舐めたなどと皇帝陛下にばれたら……」

「キシュケ卿っ……」

カノンはぎょっとした。それ以上はいけない、言ってはまずい。

「……ほう。ばれたら？」

「うん？」

カノンの隣で地獄の底から這い出たような低い声が響き、冬とはいえ室内なのに一気に凍えそうになる。カノンはぎゃあっと心の中で叫び、目の前のキシュケが訝しげに声の主の方向へ視線を走らせ、数拍固まり、さあああっと音を立てて青褪めた。

皇帝の寵姫のシャント伯爵、その隣にいる銀髪で赤い瞳の美丈夫。

誰なのかなんて説明せずともわかるだろう。キシュケはぶるりと震え上がった。

「こっ……こっ…こっこっこっ…」

「鶏の真似か？」

「ヒィ!!　皇帝陛下っ！　殺さないでくださいぃぃぃぃぃぃ!!」

ルーカスは、「ははは」と爽《さわ》やかに笑い、不意に真顔に戻った。

「案ずるな。すぐに済む」

「ぎゃあああ」

キシュケは悲鳴をあげて飛び退《すさ》ると光もかくやの速さでベッドから飛び起き扉から逃げようとした。しかし、扉の向こうにででん、と鎮座していた汚れなきモフモフ霊獣ジェセルジェアレナージジェ様ことジェジェにぶつかり、ばいんと跳ね返される。

「許しなく、逃げるな」

無様に転がったキシュケにゆっくりと近づいたルーカスがパチンと指を鳴らすと、彼は見えない何かに引っ張られたかのように逆さまに吊るされた。

「のわ……っ」

「る、ルカ様！　やめてくださいっ」

「心配するな、カノン・エッカルト。姫君に無礼を働いた舌を消毒するだけだ」

どんな消毒かわかったものではない。カノンとキシュケは同様に慌てた。

「ち、ちがいます！　ルカ様！　あれは事故です。私に無礼を働いたわけではなくて……！」

「どのように違う、と?」

ルーカスが妙に可愛らしい仕草で首を傾げる。

その間にもキシュケはバタバタともがいている。人間が逆さにされて動いていられる時間は実はそんなに長くない。カノンは言い募った。

「き、キシュケさんは。……その、キシュケ卿は、私の指を舐めたかったわけじゃなくて!」

「ふむ」

「人間の血が定期的に飲みたくなっただけだったんです! たまたま、そういう気分だったんですっ!! ねっ!?」

カノンが同意を求めてキシュケを見れば彼は思い切り顔を引き攣《つ》らせている。

ルーカスも沈黙し、扉の側でジェジェが「妙な奴じゃなくて、ものすごーく危険人物なだけじゃん。もっと悪いよ」と至極もっともな感想を述べる。

「擁護になっていないのですが。やはり私を怒りのまま処刑するおつもりですか、伯爵……」

キシュケの悲痛な声にカノンは言葉に詰まる。

ルーカスはキシュケを見上げていたが、やがてくつくつと喉を鳴らした。

目に見えない力が働いて、再びキシュケはベッドに乱暴に降ろされる。

「キシュケ、と言ったな」

壁際に寄ったキシュケの頭上、どんっとルーカスが手を突いた。

「キシュケ・ランベール。東部のランベール商会の商会長が皇都に来ているとは聞いていたが。卿がそうか。——東部で成長著しい商会だとか」

「……私共のような小さな商会をご存じとは光栄です、陛下。……ケホ」

　空咳をしてからキシュケはルーカスを仰いだ。

「ラオ侯爵家と親しいと？」

「我が子爵家は初代ラオ侯爵の妻を輩出した家ですので。分家の一つとして、今も目をかけていただいております」

　ルーカスはにやりと笑って視線を後ろに動かした。

「おい、野良猫」

「黙らっしゃい、小僧！　……なんだよ」

「子爵を我が宮にお連れしろ。東部のことで聞きたいことがある」

「なんで僕が野郎を運ばなきゃなんないんだよー」

「皇太后の病のことで、聞かねばならんことがあるのだ」

　皇太后の名前にひくひく、とジェジェが髭《ひげ》を動かす。

　大きいため息をついて、キシュケの首根っこを掴むとひょい、っと彼を持ち上げた。

「はぁい、一名様、僕のおうちにご案内～」

　目を白黒させながらジェジェに連行されていくキシュケを、カノンは呆然と見送る。

「それで？　どうして指を舐められるような状況になった？」

拗《す》ねたような表情で聞かれてカノンは間の抜けた声を出してしまう。

カノンはええと、と言い淀む。

自分で暴露してしまったので今更だが、どこまで話していいかがわからない。

「後で、お答えします……」

「触れられたのは、どちらの手だ」

「えっ……。右ですが」

貸せ、とばかりに手を出されたので反射的に重ねるとグイ、と引き寄せられた。

「ルカ様……？　きゃっ!!」

唇を指に寄せられて、口づけられる。

「……なっ、なに、を……」

「カノン・エッカルト。忘れているようだが我らの関係は？」

赤い瞳が、ひた、とカノンを見る。普段より熱量を帯びて湿度が高い。

「恋人です……。……かりそめの」

「仮初は余計だ」

ふん、とルーカスが鼻を鳴らした。

「ならば他の男に触らせるな。……姫君は隙《すき》がありすぎる」

「私が悪いわけじゃありません」

悪態を甘い声でつかないでほしい。カノンが睨むとルーカスは拗ねたような表情でカノンを引き寄せた。カノンを抱き込んで背中に手を回す。

「苦しいです、ルカ様。窒息しそう」

カノンが文句を言うと、ルーカスの力が、少しだけ緩む。

「我慢がならんものは、ならない。——さっきの男はやはり八つ裂きにすればよかったな？」

「大人のくせに、子供みたいなことを言わないでください」

「生憎《あいにく》と子供時代が短かったもので。今、取り返している最中だ」

背中に回っていた手が後頭部に添えられて額に口づけを落とされる。大人しくそれを受け取ると、満足したのかルーカスの手が離れた。

「さて、八つ裂きにする代わりに、ランベールにはじっくりと話を聞かせてもらうか」

皇帝は物騒な宣言をすると、カノンの手を取って太陽宮に転移した。


皇帝の執務室にて、キシュケは正座で二人を待っていた。

正確には、怒り狂うラウルの前で青褪めて正座させられていたのだが。

「この、不届き者が……っ！　剣の露にしてくれる……」

「ラウル、落ち着きなさい。お客さまに失礼だ」

キシュケに、がるるると唸《うな》るラウルをキリアンが背後から羽交い絞めにし「ラウル、事故だからね」とどうどう、カノンはいなした。

侍女兼騎士のラウルは、たいそう血の気が多い。

暴れる同輩をやれやれとシュートは眺めていて、小さくなったジェジェが「ラウル君ってば、こわーい」と言いながらシュートの肩にしがみついている。白猫の首根っこを掴むとルーカスは珍しくジェジェをその手に抱いた。椅子の上にふんぞりかえって（彼の執務室ではあるのだが）白猫を片手で抱く姿にカノンは日本で見たマフィア映画を思い出した。悪党さながらの表情のまま、トゥーラン皇国の皇帝は、キシュケへの尋問を開始する。

「それで、ランベール商会の会長殿。卿の奇行の理由を聞かせてもらおうか」

キシュケは怯えつつもルーカスを見た。

「奇行の理由だけでなく、わざわざ皇都にいる理由もな。噂《うわさ》によれば、ランベール商会の会長は滅多に領地から出ず、皇都に来てもすぐに帰るらしいな。今回は身内と共にずいぶんと長く逗留《とうりゅう》している。なぜだ？」

キシュケがあまり領地を出ないのはカノンも知っている。

ゲームの中では「自分の偏食体質を治療する方法がないか探しに」ルメクに来ていたはず。

――そこで、ヒロインに出会い、彼は救われる。

しかしシャーロットは皇都にはいない。ここがゲームならば登場しないキシュケがそれでも皇都に来てカノンと会ってしまったのはゲームのバグなのだろうか。

キシュケはしばらく言葉を探していたが、やがて諦めたように告げた。

「東部の中毒について、治療の手掛かりを探すためです」

「薬と毒に詳しいキシュケ・ランベールは東の民のために身を粉《こ》にして働いた、おかげで被害は終息したとラオ侯爵家のセネカが称賛していたぞ。あのケチな男が珍しくな。中毒の後遺症で苦しむ民はもういないのだろう？」

それは、とキシュケは言い淀んだ。

セネカ・ラオは「東部の中毒は終息した」と言い切っていたらしい。それなのに事態を終息させたはずのキシュケはなぜか皇都に来て「手掛かりをさがしている」という。

「お褒めにあずかり光栄です、陛下。しかし、それは――」

言い淀むキシュケに、皇帝は愛想よく微笑んだ、

「皇宮には面白い噂が飛び交う」

「噂？」

おうむ返しにしたキシュケの周囲の空気が奇妙に動いた。ザシュ、と彼の周囲の空気が震えて、キシュケの赤い髪が宙を舞う。

ルーカスは笑ってジェジェを撫《な》で、猫はルーカスと同じく悪い表情でなおーん、とわざとらしく鳴き、ひっ、とキシュケが震えた。

「――皇宮に、東部の中毒と同じ症状を発症した者がいる」

シュートとラウルの雰囲気が一気にひりついた。ルーカスが言っているのは皇太后ダフィネのことだ。

「東部の中毒について原因をよく知る者が、それを利用して愚かにも皇宮に災禍を振りまいているのではないか、という噂だ」

「まさかっ」

キシュケは目を剥《む》いて声を荒らげた。ルーカスは目を細めてじっと観察する。

「――聞かせてもらおうか。なぜ皇都にいる？」

キシュケが一瞬真顔になり、視線がカノンと絡む。

ルーカスは腕を組んでキシュケを眺めている。

「ならば陛下。――恐れ多いことですが私からお願いをしてよろしいでしょうか？」

「なんだ」

「――これからお話しすることで私を不快に思い、罰を与えたとしても、我が一門には咎めだてをなさらない、と……お約束いただけますか」

「回答次第だな。まずは話せ」

ルーカスに促され、更には彼の背後に控えた騎士二人を見て観念したように、

「確かに東部の事態は終息したように思えます。――ですが、違うのです」

キシュケは俯いた。握りしめた拳《こぶし》も、声も震えている。

「東部の中毒について、皆様はラオ侯爵家から報告を受けられたかと思います」

皇帝と騎士は一様に眉を顰めた。人が衰弱し青い肌になるという奇怪な症状だ。

「はじまりは秋でした。何十人もの人間が嘔吐を繰り返し、急に、食べ物を受け付けなくなりました。空腹で苦しんでいるのに、何を食べても——たいていのものを吐いてしまうのです」

カノンは眉を顰めた。侍医が言っていた皇太后ダフィネの症状とかぶる。とにかく食欲がない、と。

水とスープでかろうじて命をつないだ人々は次第に……だが、確実に衰弱していった。とキシュケは説明した。

老人や元々体の弱かった人々が倒れ、死者が出はじめた。

「卿が苦しむ患者たちに適切な処置を行い、解毒薬を見つけたと聞いたが？　商会は東国からの素晴らしい薬を見つけたとか？」

キシュケが青褪める。椅子に座り項垂《うなだ》れていた彼は……ふらりと立ち上がると、ルーカスの目の前まで歩いた。ラウルがキシュケを取り押さえようとするのをルーカスが手で制す。キシュケは皇帝の足元に跪《ひざまず》いた。

「お許しください」

「まどろっこしい、さっさと言え。何をしたか知らぬのに判断ができようはずもない。許すか否かは聞いてから決める」

「──彼らの症状は、私と全く同じだったのです」

「同じ？」

カノンは首を傾げる。

傾げた先、皇帝の手の中で意外なほどくつろいでいるジェジェと目が合う。

ジェジェは興味なさそうに大欠伸《あくび》をしたが、ふすーとため息をついた。

「それってさー、キシュケ君みたいに人の血が飲みたくなっているってことぉ？」

ルーカスがわずかに目を見開き、カノンも動きを止めた。

「──私は、シャント伯爵の血を飲みました。空腹ゆえに」

キシュケは血を吐くような声で言い、節ばった指で左手をかきむしるようにして爪《つめ》を立てる。

「私がこの症状に苦しみはじめたのは、七つの頃でした。ある日、とつぜん倒れて目が覚めると異様に腹がすくようになりました……。空腹でおかしくなりそうだというのに、──何も食べることができない……。何かを口にすると、吐いてしまう」

固形物を受け付けず、水とスープだけをなんとか胃に流し込んでやっと命をつないでいたキシュケは苦しさのあまりに暴れた。

衰弱しきっているはずなのに信じられない力で暴れたキシュケを止めようと、父は息子を羽交い絞めにし……。

「私は苦しさで父の腕に噛みつきました。――噛みちぎりそうなほどに」

その時のことを思い出したのか、キシュケは顔を覆った。

「口の中に広がった鉄錆《さび》の味を忘れられません……」

苦いと感じた血は、次の瞬間、劇的に味を変え甘露となってキシュケの喉を滑り落ちて胎《はら》を満たす。

「まるで」

キシュケは顔を覆っていた手を弱々しく膝の上に置いた。

「魔法のようでした。今まで感じていた飢えが血を啜ったせいで嘘のように霧散した……」

カノンは言葉を失い、キシュケはいちど息を整えた。

沈黙する一同の中、恐るおそるといった体《てい》でシュートが尋ねた。

「なかなか興味深い話ではありますが血を飲むことで飢えが満たされたというならば……よかったのではないですか？」

ルーカスの腕の中にいたジェジェがシャーとシュートを威嚇《いかく》する。

「いいわけないじゃん、この脳筋！」

「の、のうきん！　ひどい」

「キシュケ君は満たされてないから、まだ飲むんでしょーが」

確かに、飢えが満たされているのであればカノンの怪我に引き寄せられることもなかっただろうし、本が見せた映像の中でも、キシュケは血の誘惑に苦しんでいるように見えた。

「ジェセルジェアレナージェ様の仰るとおりです」

キシュケが重々しく同意しジェジェの本名を口にした。

ルーカスが一瞬眉間に皺を寄せて「……じぇ？　誰だ」と呟くので、カノンが「ジェジェの本名ですよ」と耳打ちする。ルーカスが「ああ……」と気のない返事をし、ジェジェがルーカスの腕の中で血相を変えた。

「ちょっ！　馬鹿ルカっ！　おまえだけは僕の名前を覚えてなきゃだめだろっ！　おまえが名付けたんだよっ！」

「黙れ、毛玉。……そうだったな、思い出した。毛玉の名前がやけに長すぎて覚えるのが面倒だからと俺が改名したのだった」

「ひどっ……！」

そういう経緯があったらしい。話が脱線しそうだったので、ルーカスの腕の中からシャーシャーと怒り始めたジェジェを取り上げ、カノンはキシュケに話の続きを促した。

「その頃からずっとその症状が続いているわけですか？　……その、血が欲しくなる、と」

「四六時中ではありませんが。私は定期的に血を欲します」

「他の食事は、できないのですか？」

「吸血の衝動がおさまっている時は食事に問題はありません。食事を美味しいと感じたことはあまりありませんが。——父は私のこのおぞましい体質を『遺伝だ』と言いました。先祖と同じ症状だと」

「先祖と同じ……？」

首を捻る。

「そうです。建国間もない頃、ランベール家の二代目の当主は、ある日突然食物が口にできなくなりました。衰弱して彼はあっという間に亡くなり、家族は悲嘆にくれた。働き盛りの主を失ったわけですから」

次代のランベール家当主は慌ただしく日々を過ごすうえで妙なことに気づいた。

（——腹がすく）

（それなのに、すこしも食物は喉を通らない）

死んだ父親と同じ症状ではないか、このまま自分も死ぬのかとそう覚悟した時、彼は偶然馬車の事故に巻き込まれた——そこで彼は怪我をした同乗者の血に触れた。

甘い誘惑に負けた彼は同乗者の血を啜って……彼は瞬く間に快癒《かいゆ》した。と同時に、体中を苛《さいな》んでいた飢えが消えていることに戦慄《せんりつ》した。

——彼は気づいたのだ。

己が人の血を摂取するというおぞましい体質になったことを。

「代々、その体質は父から息子、または孫に受け継がれてきたそうです」

キシュケの祖父が亡くなって数日後キシュケの父は己の身体に不調が現れなかったことに心底安堵《あんど》した。一族に呪いのように発現する症状はついに父親の代で消えたのだ、と。人に隠れて家族の血を吸うようなみじめな暮らしをしなくていいのだと。だが、その体質は父親ではなくキシュケに受け継がれた。

「父はその体質が自分ではなく息子の私に発現したことを非常に後ろめたく思っています」

ルーカスがふむ、と足を組みなおした。

「祖父もそうでしたが、私も人を襲ったり、誰彼かまわず血を欲したりするようなことは今までありませんでした。本当に。普段は弟が私に分けてくれる血で満足しているのです」

リオンと呼ばれていたあの青年だろう、とカノンは先ほど視た場面を思い返していた。

「ですが、伯爵に無礼を働いたことは事実です。処罰はいかようにも……」

項垂れたキシュケにカノンは首を振った。

「そのことはもう、大丈夫です。怪我をした時に血が足りないと、ほかの人の血を分けたりする国もあると聞きました！　それと一緒ですよね？　治療にすぎませんよね？」

カノンが擁護すると、ジェジェとルーカスが全く同じタイミングで舌打ちした。

大変、柄《がら》が悪い。ルーカスは足を組みなおしキシュケを見た。

「姫君がそう言うなら俺は何も言うべき筋合いはない。――それで？　今までのまどろっこしい卿の一族の体質の話は……東部の中毒症状と何の関係がある？」

ルーカスの淡々とした口調に高ぶっていた気持ちが落ち着いたのか、キシュケは一度ゆっくりと瞬きして息を吐いた。

「東部の患者は、私と同じ症状だった、と申し上げました」

「そうだな」

「我が商会は東国の薬もよく扱います。私はラオ小侯爵に彼らに合う治療法や解毒薬がないか探すように、きつく命じられました。しかし何も薬が見つからず……、私は焦りました」

このままでは多くの人間が原因不明の症状で死んでしまう。

看病で疲弊した医師や神官たち、苦しむ患者たち。

彼らがただ死を待つのであれば……。

……キシュケはずっと考えていた。

彼らを救う方法を、ずっと。

「私と同じ症状の人たちならば、同じ治療法に効果があるのではないかと思ったのです」

「同じと言ってもあなたの肌はどこも……」

青くない、と言いかけたカノンの前でキシュケははめたままだった手袋を外した。

その左手は——手首の先まで青い。まるで死人のように。

「私の左手は、肘《ひじ》までこの色です。東部の中毒患者と一緒だ」

ルーカスが無表情のまま目を細め、カノンの腕の中で、ゲッ！　とジェジェが呻いた。

嫌な予感がして、カノンもキシュケを見つめる。

「……ひょっとして」

「そうです。――私は、彼らに……人間の血を無断で飲ませました」

★第三章　思い思われ、呪い呪われ

ふぅん、とルーカスはキシュケを眺めた。

「命を救うためとはいえ。人間の血をヒトに飲ませたと。……本人の同意もなく」

「さようでございます。陛下。――東部の者はたちどころに快癒《かいゆ》しました」

ルーカスは口元だけで笑って断じた。

「偶然うまくいったとはいえ悪趣味だな」

騎士たちがさすがに頬《ほお》を引き攣《つ》らせてキシュケを眺めている。

「なかなか興味深い話だ。東部を救った功労者に褒賞を与えるつもりが処罰を考えねばならんかもな。シュート、ラウル。客人を、客室にお連れしろ。くれぐれも失礼がないように」

「御意」

ルーカスは軽く笑いキシュケを王宮の一室に連れていくようにシュートとラウルに命じた。

カノンは慌てて抗議した。

「ルカ様！　キシュケ卿を罪には問わないとおっしゃったではないですか！」

「俺《おれ》は聞いてから考える、と言ったはずだ。――投獄するわけでもない。今の荒唐無稽《こうとうむけい》な話はにわかには信じがたい。だが少し気になる部分もある。詳しく話を聞きたいだけだ」

ルーカスは有無《うむ》を言わせずに騎士たちとキシュケを部屋から追い出した。

確かに、先ほどのキシュケの話は信じがたいが、カノンはおおむね事実だろうと確信している。しかし、カノンが確信しているのはあの地下室でキシュケの過去を覗《のぞ》き見たからだ。

ルーカスが信じないのも無理はない。

皇帝は背伸びをすると、さて、とカノンを見た。

「ルカ様？」

「今日は疲れた。俺は少し寝る。姫君もそうしろ」

「……話は終わっていません」

「また、明日にでもな」

ルーカスがカノンの額に触れると、途端にふわりと体が浮く。

「る……！」

ルカ様、と叫んだつもりが、カノンは次の瞬間には見慣れた景色の部屋に飛ばされていた。

「……！　にゃんっ」

「痛いっ！」

ルーカスの能力で共に飛ばされたらしきジェジェと自室のベッドの上にどさり、と落ちる。

基本的に自身が頑丈なルーカスはたまに他人に対して、雑な扱いをすることがある。

カノンの隣でジェジェもぷすぷすと鼻を鳴らして怒っている。

「あいつ、あからさまに僕たちを追い出したじゃない？」

「ジェジエもそう思う？」

疲れたから寝る、だなんてあからさまな嘘《うそ》をついて。

「思う、思う！　あの馬鹿《ばか》に、抗議しに行こう」

なぜか楽しげにジェジエが前脚でカノンをつつく。

どうしようか、とベッドの上で数分唸《うな》ったカノンは、そうね、と頷《うなず》いて立ち上がった。

キシュケのことも気になるし、いきなり話の蚊帳《かや》の外に置かれるのは本意ではない。

「もう一度、話をしに戻ろうか。ルカ様が何を考えているか聞きたいし……」

勢いよく部屋を出たカノンは、扉の前にまさかの人物ロシェ・クルガを見つけて目を丸くした。彼にしては珍しく途方に暮れた様子で立ち尽くし、困ったように頭をかいている。

「ロシェ！　どうしたの？　……ああ、でも。話はあとでいいかな？　私は今からルカ様の執務室に戻らないと……」

駆けだそうとしたカノンの前で、ふむ、とロシェ・クルガは腕を組んだ。

「陛下のおっしゃる通り。――カノン様は怒っていらっしゃる」

ルーカスのことを口にされ、カノンはぴたり、と足を止めた。

まるでついさっきまでロシェ・クルガとルーカスが一緒にいたかのような口ぶりだ。

「……どういうこと？」

ロシェ・クルガはやれやれと肩を竦《すく》めた。

「つい今しがた、陛下が突如として私の執務室に現れまして。『カノン・エッカルトが怒っている。お前は足止めをしておけ』とお命じになりました」

「えぇっ……？」

「次の瞬間何も知らされぬまま、カノン様の部屋の前に放り出されて、途方に暮れていた次第です。……陛下も人使いが荒くていらっしゃる。カノン様は、なぜ怒っていらっしゃるのです？　どうして、そんなに急いでおられるのです？」

ジェジェとカノンは顔を見合わせた。

「ひどいな。陛下だけでなくカノン様もこの状況を説明してくださらない？　多忙な業務の間に駆り出されたというのに……！　仕事が終わらないですよ……」

大げさに両手を広げて嘆きつつも、ロシェ・クルガはにこにこと笑っている。短い付き合いだがこの神官が微笑《ほほえ》んでいる時に粗雑に扱うと後が面倒そうなのは何となく感じる。

「ルカ様はわざわざ私を部屋に戻して、ロシェと相談してこい、と言いたかったのかしら」

カノンは首を捻《ひね》った。

皇帝の意を汲《く》むのは難しい。が、確かに神官の意見も聞いておきたい。――カノンは侍女を呼ぶと自室の続きの客間にロシェ・クルガを招いた。

カノンがジェジェと共にいつの間にか部屋に戻っていたことに侍女は一瞬目を丸くしたが、

すぐに皇帝の能力を思い出したようで、準備を整えるとすぐに部屋の外へ出た。

「さっきまで、キシュケ・ランベール卿と会っていたの。陛下も一緒に。彼を知っている？」

ランベール、と口の中で繰り返してからロシェ・クルガは思い当たったようで「ああ」と手を打った。

「東部の子爵で、商会の長ですね。キシュケ・ランベール。東の医薬品などをよく扱っている。珍しく皇都に来ていると聞きましたよ」

彼を知っているというならば話が早い。

カノンは先ほどのことをロシェ・クルガにも話した。

「児童図書館でカノン様が会った青年がランベール殿だったとは。奇妙な縁ですね」

「……勝手に発生するのよ、縁が」

攻略対象と悪役の関係は、因縁と呼ぶべきかもしれない。

「ロシェは人の血が欲しくなるなんて遺伝性の病を聞いたこと、ある？」

神殿でも随一と評判高い治癒《ちゆ》能力を持つ神官は神妙な顔で考え込んだ。

「貧血の亜種でしょうか？　寡聞《かぶん》にしてそのような病は存じ上げませんが、気にはなりますね。そもそも、それは病でしょうか？」

「病ではない？」

「代々その症状が出ると言いましたが。必ず、誰《だれ》かが亡くなって、代替わりしてから発症するのでしょう？　しかも男性ばかりに。――同時に発生しない。条件がそろうと現れる、そういう呪《のろ》いかもしれませんよ」

「……なるほど」

「己と同じように、『東部の中毒患者に人間の血を飲ませたら快癒した』というランベール子爵の証言が嘘ではないなら、やはり東部のそれも中毒症状ではなく呪いが蔓延《まんえん》した。とも言えるのかもしれません。――人間の血が呪いを緩和させる鍵《かぎ》……か。不穏だな」

「ラオ小侯爵が中毒だと報告したのは虚偽だったのかしら」

「小侯爵が症状だけ見て中毒だと断じても不自然ではないですが。……ううん、判断するにしても材料が少なすぎるな」

「そうね。――とにかく一緒にキシュケに会ってみてくれる？　彼を悩ます症状が何なのか、ロシエにも診《み》てほしいの」

「御意」

ロシエ・クルガは頭を下げ、カノンはため息をついた。

「皇太后《こうたいごう》陛下の症状も、東部と関係があるのかしら」

東部で発生した中毒、――あるいは呪いが同じなのだろうか。

ロシエ・クルガはふむと顎《あご》に指を添えた。

「いっそ、陛下のおっしゃったように、してしまえばどうです？」

「してしまう？」

意図がわからずにロシェ・クルガをカノンが見返すと美貌《びぼう》の神官は嫣然《えんぜん》と微笑む。

「皇太后陛下のご不調の原因は、東部の商会長が裏にいた。と——。たとえばランベール殿が準備した毒をミアシャ様が皇太后様に飲ませて病にみせかけた、と言えばいかがでしょう」

「なっ」

「折よく、皇太后の側《そば》にいる祈祷師《きとう》は私と仲がいい。——証言などいくらでもできますよ」

怒るのも忘れて神官を見ると、悪びれる様子もなく、彼は平然と笑っている。

そうだった。彼も決して平和な考えをする人物ではないのだった。

「ミアシャ様はお可哀《かわい》そうですが、カノン様が皇妃になるには、やむを得ない犠牲《ぎせい》です」

口づけるために恭《うやうや》しく差し出されたロシェ・クルガの手をカノンは払いのけた。

「そして、皇妃になった私はあなたの栄達《えいたつ》に利用されるの？　冗談じゃないわ」

「はは、純粋な忠心からだ、と思っていただけないのは悲しいな」

どの口が言うのか。

「好敵手《ライバル》を蹴落とすのは皇宮ではよくあることでは？　高位貴族たちはどちらかといえば、ミアシャ様が皇妃になるのを望んでいる。——そのことをご不快には思われないので？」

「人を陥れてまで、欲しい地位などないわ。……それに私は」

──ただの仮初の恋人に過ぎない。だから、ミアシャの栄達を邪魔するようなことはしない。そう言いかけて口を噤《つぐ》む。それを口にするのは契約違反だ。カノンが真実ルーカスの恋人ではないのは秘密なのだから。

自分に言い聞かせつつも、あまりの説得力のなさに笑ってしまった。

ロシェ・クルガはとっくにカノンとルーカスの関係の歪《いびつ》さに気づいているだろう。それを指摘しないのは、彼なりの気遣いか、何か思惑があるのか。カノンは首を振ってとりあえずもやもやとした気持ちを打ち払った。

「私は皇妃なんて柄《がら》じゃないわ。華やかな場所は苦手なの」

「皇太后様も華やかな場所がお得意というわけではなさそうですが」

「比べてどうするの。ダフィネ様は生まれた時から皇族よ。私とは違う」

ダフィネは先代の皇帝の従妹だ。

ロシェ・クルガはなぜか楽しそうにくつくつと喉《のど》を鳴らした。

「カノン様は皇妃になるつもりはなく、ましてやミアシャ様を陥れるつもりもなく……。なのに、皇太后様のことは心から案じておられるのですね」

「私も母上もお世話になった方だから」

「それだけですか？　……誰のために、そう願うのです？」

ロシェ・クルガの水色の瞳《ひとみ》が興味深げにカノンを見る。それ以外に何があるのかとカノンが聞き返そうとしたところで、二人の会話をノックの音が遮った。

入るように言うとまだ幼さの残る少年従士が部屋に入って一礼する。

「ロシェ・クルガ神官。——神官補佐の方がお探しです」

「ノア!」

部屋に入ってきたのはロシェ・クルガの弟にしてジェジェの「義理の息子」のノアだった。

先般、自身の複雑な出生がらみでいろいろと大変だった少年は現在近衛《このえ》騎士団の従士として皇宮に勤めている。ロシェ・クルガがなにかと義弟に構いたがるので近衛騎士団とロシェ・クルガの連絡役として便利に使われているようだ。

「あっれー! 仔猫《こねこ》ちゃんじゃーん! どしたの、ノア」

人間たちの会話を欠伸《あくび》しながら聞いていたジェジェが義理の息子の登場にぴょん、と跳ね起きて、機嫌よくノアの腕の中に飛びつく。

「仔猫ちゃーん、パパのこと、撫《な》でてー」

「よしよし。いい子いい子。ロシェ・クルガを迎えに来たんだよ、親父殿」

「私の補佐がどうしたって?」

義父をもふりつつ、ノアは上目遣いで義兄を見た。

「帰ってくるのが遅いって嘆いていたから呼びに来た。ロシェは性懲りもなく、まーた伯爵のところで油を売って……。そのうちあんた陛下に縊《くび》り殺されるからな?」

「はは、怖いな」

ロシェ・クルガが苦笑した。

「ノア、すこし見ないうちに背が伸びたのね」

カノンが感嘆するといつも無表情の少年は、少しだけはにかんでぺこりと頭を下げる。

「皇宮のごはん、たくさん出るから。伯爵のおかげです。――ありがとうございます」

カノンとしては成行きだったのだが、ノアとその姉セシリアが王宮で共に働けるようカノンが手配したことを少年はひどく感謝しているらしい。

ノアは、カノンにむずかるジェジェを返すとロシェの腕を掴《つか》んでカノンにお伺いをたてた。

「伯爵。お話の途中ですが、神官を回収してもよろしいですか？」

「大丈夫よ。ロシェ。じゃあ、キシュケの件はよろしくね。私も明日行ってみるから」

御意、とロシェ・クルガは頭を下げた。

ノアの乱入で、話が途中で終わったことにほっとする。

――血のつながらない兄弟の何やら楽しげな背中を見送って、カノンはそっと息を吐いた。

ほんの少し前にも考えたことを、また性懲りもなく思い返す。

――もう、そろそろ、ここにいるのも限界なのかもしれない。

皇妃になるはずがない人間がいつまでもいていい場所ではない。

すっかり見慣れた部屋の中心で、カノンは俯《うつむ》いた。

◆◆◆

「ロシェって、案外、馬鹿だよな」

廊下を並んで歩きながらノアがぽつりと言うので、うん？　とロシェ・クルガは隣を歩く弟の髪をわしゃわしゃと乱しながら聞き返した。

「ノア。前も言ったけれど、私のことはお兄ちゃんと呼んでほしい」

「……なんっか、その呼び名気持ち悪いから兄貴でいい？」

「……気持ち悪い……」

ショックを受けている義兄を「面倒な奴《やつ》」とぼやいて横目で見てから、ノアは肩越しに伯爵の部屋の方角を振り返った。

「兄貴は伯爵が、皇妃にならない方がいいんだろ？」

「どうしてそう思う？」

「だって、兄貴は伯爵が好きなのに。——皇妃になったら今みたいに気軽に会えなくなる。なのに、どうして伯爵をけしかけるようなことを言ったの？」

耳のいい弟には二人の会話が聞こえていたらしい。ロシェ・クルガはくすりと笑う。

「他《ほか》の人の前ではお二人の仲に言及してはいけないよ。無礼にあたるからね」

「うん、わかった」

諭《さと》すと弟は素直に頷いた。よしよし、と再び髪の毛を撫でる。

懐かしい母と同じ髪質は触れているだけで心が落ち着く。

「私は伯爵が好きだけれどカノン様はどうかな。好きな人には幸せになってほしいだろう？」

「自分と幸せに、じゃなくて？」

「そこは大して重要じゃない」

カノンが幸せになって、ついでにお人よしのカノンがロシェ・クルガを袖にしたことに罪悪感を抱いてくれるのならばなおのこと、いい。

ロシェ・クルガは先ほどのカノンを思い出した。

東部のことを侯爵家と結び付けミアシャ・ラオを蹴落としてはどうか、と。

……はたして、期待通りカノンは一蹴した。――自分の栄達や望みのためでも、誰かを踏み台にしない人だ。彼女の清廉《せいれん》さがどれだけこの皇宮で得難いか彼女だけが自覚がない。

「私は伯爵の恋人になりたいわけではない。細くとも、ずっと続く関係でありたい」

愛はいつか色あせるかもしれない。だが他人の人生に影響を与えてしまった後悔は、カノンのような善良な女性の中では、楔《くさび》のように残るだろう。

それこそ、死ぬまで。

――ならば、自分はそれが欲しい。

にこやかに答えるとノアは胡散《うさん》くさそうにロシェ・クルガを見上げた。

「変なの。俺はセシリアが俺以外と幸せになったら嫌だけど」

ノアがさらりと血のつながらない姉への思慕を口にするのでロシェ・クルガは苦笑した。

「セシリアがノアじゃない、他の誰かを好きになったらどうする」

セシリアはロシェ・クルガにとっては優しく可愛《かわい》い妹で、彼女もノアのことを溺愛《できあい》して大切にしている。

が、いたって常識人なので血がつながらないとはいえ、自分の弟をそういう対象に思えるかは今のところ未知数ではある。

「叩き潰す」

弟がきっぱりと答えたので、ロシェ・クルガは吹きだした。

「俺より弱い奴が、セシリアの隣にいる資格ないだろ」

「かっこいいな」

感心したロシェ・クルガは年長者として助言をすることにした。

「敵を叩き潰すことに反対はしないけど、その場合は痕跡を残さないように」

「わかった」

生真面目《きまじめ》に頷くノアと執務室に戻りながらロシェ・クルガは、ふと脳裏に一人の青年を思い浮かべた。血のつながらない姉に恋慕といえば、最近同じような立場の人間に会った気がする。

己と同じく、幼い頃に身内を失った青年。

だが神殿で望まぬ道を歩んできた己とは対照的に、貴族である伯父の庇護《ひご》を受け、ぬくぬくと大学に進み、恵まれた環境にいたくせに妙に周囲を妬《ねた》んでいじけている坊やのことだ。

「まあ、彼には——己の気持ちを言い出す勇気なんかないだろう。きっかけでもない限り」

ロシエ・クルガはレヴィナスの顔を思い出してほんの少しばかり意地悪な気持ちで口の端を上げた。

◆◆◆

皇宮において、キシュケ・ランベール子爵は『東部の中毒を終息させた功をもって、皇帝ルーカスの特別の配慮を得て皇宮に留まっている』と公式に通達されているらしい。

カノンとロシエ・クルガは通達が出た翌日、キシュケにあてがわれた部屋を訪れることができた。ひとあし先に部屋を訪れていたロシエ・クルガはキシュケと歓談している。

ロシエ・クルガの背後にはもう一人、神官と思《おぼ》しき男性がいた。

「ロシエはもうキシュケ卿と親しくなったの？」

カノンが驚くと、ロシエ・クルガは満面の笑みを浮かべた。

「はい、カノン様。ランベール商会の会長は神殿の活動にも理解がおありになる。ぜひこれからも御贔屓《ひいき》に」

ロシェ・クルガがほくほくとしているので神殿への寄進をしてもらったんだな、とカノンは理解した。

「次期聖官になると噂《うわさ》のロシェ・クルガ神官にお会いできて光栄です。——神官殿は交渉が上手《じょうず》でいらっしゃる。商人としての才能もおありかもしれません」

「お褒めにあずかり光栄です、キシュケ卿」

キシュケは若干、呆《あき》れた様子だが不快に感じてはいなさそうだ。

そういえばゲームの中でこの二人は仲が良かった気がする。業的にも暴食と色欲だから己の道に邁進《まいしん》するというか……、反発する気質ではないのかもしれない。

「来たばかりなのに、キシュケ卿の部屋には物が多いのね？」

部屋に所狭しとうずたかく積まれたものにカノンが目を丸くする。

壺《つぼ》や宝飾品、布、織物、珍しい南国の鳥の剥製などもあって、ちょっとぎょっとしてしまう。

なんだか商会の見本市のようだ。

キシュケは、きまり悪げに頭をかいた。

「陛下の招きを受けてしばらく逗留《とうりゅう》する、と伝えましたら、弟がいろいろ持ち込みまして」

「まさか、この宝物の山は人質《キシュケ卿》解放のための貢ぎ物ですか？」

キシュケの弟は、自分の兄の身体《からだ》の事情をもちろん、知っている。——キシュケを見逃してもらうために賄賂《わいろ》をうずたかく積む気持ちもわからないではない。

「弟が『何でもお持ちください、伯爵』と言っておりました。寝室に剥製などは、おひとついかがですか？」

七色の羽をもつ鳥の剥製を差し出されてカノンはうっと引いた。

ものすごく、欲しくない。

「遠慮します……」

「では、宝石はいかがですか？　これは南の島の海域で産出された血珊瑚《さんご》の髪飾りです。陛下の瞳の色と同じですのでお喜びになるかも、と」

慣れた様子でキシュケに示されて、カノンは呆れて宝の山を眺めた。

「──本当に賄賂なのですね、これ。こんな高価なものをくださらずとも。心配しないでください。私はキシュケ卿を害するつもりはありません」

キシュケは疑わしげにカノンを見た。

ルーカスが皇太后の不調はお前のせいではないかと疑って、軟禁しているのが、今の状況なのだ。カノンの言葉が信じられないのも仕方がない。

「……私を信用してくださらないなら……そうですね、こうしましょう。私が欲しいものをキシュケ殿が探してくださって、取引をしてくれると言ってくだされば、私がキシュケ卿の身の安全を守るとお約束しましょう」

「取引」

「お互いに利益がある関係。という方が安心でしょう？」

一見、商人らしく見えない人だが、キシュケは確かに、と頷いた。

「私は弟の作った出版社に投資をしているんです。——図書館に本を作りたくて」

ほう、とキシュケは感嘆する。

「東国は印刷技術が進んでいるし、紙の原料も珍しいものがあるわ。色々なことが片付いたら、仕入れを依頼したいんです」

カノンが言うと、それはいいですね、とキシュケが頷いた。

「さすがは司書姫。本も製作されているのですね」

「……あの、その司書姫と言うのは、何なのです？」

新聞でもそう呼ばれていたことを思い出してカノンが聞くと、キシュケはおや、と片眉《まゆ》を器用に跳ね上げた。

「ご存じありませんでしたか？　市井《しせい》でのシャント伯爵の愛称です。皇宮図書館の司書をしていたご令嬢が皇帝陛下のご寵愛《ちょうあい》を受けて『姫君』と呼ばれていると。——陛下以外が姫君と呼ぶのは無礼だというので『司書姫』とお呼びしているのです。広めたのは新聞社でしょう」

「知りませんでした」

カノンの存在はせいぜい貴族社会の中で知られているだけかと思っていた。

なんとなく気まずくて、カノンは話を変えた。

「ロシェ・クルガにはキシュケの呪いがわかる？」

白い髪の神官はこともなげに頷いた。

「皇太后様と同じく火の気配がいたしますね。しっかり呪われておいでだ」

カノンとキシュケは顔を見合わせた。

「その呪いは強すぎて私には解呪《かいじゅ》できません。また、その呪いを解いたからといって、キシュケ卿がお困りの症状との因果関係は不明です。ひとつずつ解決していくしかないのでは？」

そういうものなのだろう。

ロシェ・クルガは隣にいた神官を振り返った。彼がダフィネのところにいた祈祷師らしい。

「キシュケ・ランベール殿を呪った何かが、君にはわかるか？」

切れ長の目の東国風の顔だちの男性は、キシュケを凝視したが緩やかに首を振った。

「申し訳ありませんが、ロシェ・クルガ神官と同じく、あなた様を苦しめるものが病なのか、呪いなのかまでは私にもわかりかねます……。ですが確かに皇太后様を呪った禍々《まがまが》しいものが、あなたからも強く感じられます」

キシュケは困惑し、祈祷師は苦笑した。

「祈祷師などといっても皆様より多少は知識があるだけ。所詮は我々に大した力はないのです。ただ、様々な事例を積み重ねた統計をもとに、一番良い解決策を提案しております」

「薬師のようなものですか？」

カノンの問いに青年は恭しく頭を下げた。

「ご明察です、伯爵」

キシュケは、はあ、とため息をついた。

「僕のこの症状が呪いだったとして、消すためには何をすればよいとお考えですか？」

どこか投げやりに尋ねる。祈祷師は笑った。

「呪いの発生には何かしら条件があるものです。それが起こる原因を取り除けばいい」

「条件」

カノンとキシュケの頭に疑問符が飛ぶ。ロシェ・クルガが苦笑しつつ二人に説明してくれた。

「目的地に東から行けば穴に落ちる、という呪いがあるとするでしょう？　でしたら西から行けばいい。墓荒らしを殺す、という呪いがあるとすれば、墓自体をなくしてから掘り起こせばいい……と」

「なんだか問答みたいね」

「そのような側面はあるかもしれませんね。私も専門外ですので、詳しくはないのですが。……あとは呪いをかけた何か、が満足して呪いを取り下げてくれればいいかと」

呪いの原因がわからないかぎりは解呪の方法も、結局わからないということか。

「皇宮図書館では東部の伝承について探していましたよね？　何か心あたりがあるのではない

ですか？」

　図書館でみかけた際のキシュケたちの会話を思い出しながらカノンが聞くと、彼は怪訝《けげん》な表情を浮かべた。

「伯爵に、探している書名については話しましたでしょうか？」

「探している棚が、その……、伝承のあたりだったので」

　盗み聞きしていましたとは言いづらい。カノンの言い訳にキシュケは一応は納得してくれた。

「お目当ての文献はありましたか？」

「いくつかは」

「探すのをお手伝いさせていただけませんか？」

「伯爵にそこまでしていただくわけには……」

「いえ、私にもキシュケ卿をお手伝いしたい事情がありますので、お気になさらず」

「事情？」

　キシュケは首を傾《かし》げたがカノンはあいまいに誤魔化した。キシュケは攻略対象で、カノンは物語の悪役だ。彼の問題を解決しない限り暴走した悪意がいつ襲ってくるか安心できない。だからあなたの問題を解決したい……などと言っても頭がおかしいと思われるだろう。

　数日後の約束を取り付けてカノンは部屋に戻った。

「カノン様、皇太后様からお言伝《ことづて》が……」

部屋に戻ると侍女が慌てた様子でカノンに近づいてきた。

体調が好くなったので中庭の散歩の付き添いをしてほしいとの伝言だった。カノンは喜んで
と使いをやって、皇太后を迎えにいく。

「カノン。ああ、よく来てくれました」

「皇太后様。お元気そうで何よりです」

祈祷師の青年が尽力《じんりょく》したからか、皇太后は散策ができるまでに回復していた。長くは歩けないらしいが顔色はいい。いつもならばミアシャが側で笑っているのだが侯爵令嬢は今日も兄のセネカが訪問しているせいで、不在らしい。

「皇太后様。足元にお気をつけて。……ミアシャのようにうまくご案内できなくて申し訳ありません」

散歩をしつつおそるおそる誘導すると、老婦人は目を細め、ほんのすこしカノンに体重を預ける割合を増やした。

「そんなことはないわ。あなたは誘導がとても上手」

ふふ、と皇太后が微笑む。

「ミアシャも同じようなことを言うのよ。私がカノン・エッカルトのように賢ければもっと楽しいお話をしてさしあげられるのに、と」

カノンは驚いて一瞬、声を失う。

「……ミアシャ様のお話は、いつも楽しいです……」

ミアシャの話術は巧みだし、とても聡明な女性だ。

「そうね。でもミアシャは自分が賢くないと頑《かたく》なに信じているの。――カノンもミアシャも素敵なレディですとも。けれど二人とも己に自信がないの。誰があなたたちにそんな引け目を植え付けたのかしら」

「皇太后様……」

何と言えばいいかカノンが戸惑っていると、皇太后は目を細めた。

「カノン、あなたは本当にイレーネに声が似ている」

「そうでしょうか？　自分ではまったくわからないのですが」

「私を呼ぶ優しい声まで同じですよ。あの子が若くして身体を悪くするのだったら、皇宮から出すのではなかったわ。けれど、パージル伯爵とあの子が結婚していなかったらカノンは生まれていなかったものね。……人の縁とは不思議なもの」

昔語りをしてくれるダフィネに、カノンは思い切って聞いてみた。

「皇太后様。ひとつ、お伺いしてもよろしいでしょうか？」

「なんなりと聞いてちょうだい」

「一度、お伺いしたかったのです。なぜ母はパージル伯爵家に嫁いだのでしょう？」

母イレーネは皇族とはいえ身寄りもなく傍系だった。持参金もあまりもっていなかったし、両親は恋に落ちたわけでもない。

お互いにとって、あまり利益のある婚姻だったようには思えない。

「イレーネは我が一族の本流からは遠い血筋だったけれど、綺麗《きれい》な銀の髪に赤い瞳で皇族の血が強く出てしまったでしょう。侯爵以上の家に嫁がせるわけには行かなかったの。先帝が決めたことに、私は反対できなかった」

ダフィネの声が申し訳なさそうに小さくなる。

「それは仕方がありません」

カノンは慌てて首を振った。

そのあたりの事情については皇宮で暮らすようになってからぽつぽつと噂で聞いた。トゥーラン皇国の侯爵家の数は十と少し。皇族がこの国からいなくなった場合、彼らのなかから選定された者が皇帝の代理を務めると記されている。

侯爵以上の家に、傍系とはいえ明らかに皇族の娘が嫁いだら……、産んだ子供に皇族の特徴が色濃く出たら……。間違いなく不和の種になると先代皇帝が断じたらしい。

だからイレーネが結婚する際には『伯爵家以下で皇位継承権を持たず、皇帝に忠誠を誓う古い家門に嫁ぐ』のが既定路線だったという。

「けれど、なぜ相手が父だったのかと不思議で」

伯爵以下の貴族が条件だというならば、他にも求婚者はいたはずだ。

ダフィネは困ったように微笑んだ。

「二人の父親たちが懇意だったのです。若くして二人とも亡くなってしまったけれど」

「そうだったのですか」

カノンは目を丸くする。その話は初めて聞いた。

「最初はグレアムとイレーネも仲が悪くなかったのですよ。少なくともイレーネは彼とうまくやろうと努力していました。家族を早くに亡くした者同士、いい関係を築けるだろうと」

父も早くに両親を亡くしているし、腹違いの弟とも縁が薄かったようだ。

「グレアムはイレーネが皇宮を追い出されて、望まぬ結婚を強《し》いられたのだと、誰かに言われた讒言《ざんげん》をなぜか頑なに信じていた。……少しずつすれ違ったようで」

そのあとのことは皇太后よりもカノンがよく知っている。

父はカノンが自分の子なのかと疑うほどには母を信用せず、他の女性を愛した。

「血のつながらない二人が家族になるのは難しいことね。血がつながっているからこそ、親しくするのは難しいこともあるけれど……」

ダフィネは一瞬遠くを見た。

鳥が二羽、冬の青空を裂くように飛んでいく。

争いの多い一族に生まれた女性だ。仲睦《むつ》まじかったと伝え聞く先代皇帝には彼女以外にも何人も側室がいて、一人息子は若くして不慮の死を迎えた。思うことも多々あるだろう。

「我が一族は家族に縁遠いのかもしれない。ヴァレリアは若くして未亡人となり、ルーカスも家族に縁遠い。あの子が孤独のまま過ごした幼少期を思うと、申し訳なくなるのよ」

「皇太后様がいらっしゃったではないですか」

「私はもう年です。いつまでも生きてはいない」

皇太后は微笑んだ。うまい言葉が見つからずにカノンは月並みなことを聞くしかない。

「……お具合はどうですか？」

ダフィネはそうねえ、と首を傾げた。

「ロシエ・クルガや神殿のおかげで熱がひいてよかったわ」

そのせいか、と皇太后は柔和な表情で続ける。

「食欲が戻ってお腹はひどくすくの。——何か無性に食べたくなるのだけれど……」

カノンは皇太后にそうですかと答えた。無力感に苛《さいな》まれながら皇太后の手を握った。

彼女の指先はひんやりと冷たく——、爪《つめ》の先が血を失ったかのように、青い。

カノンは息を呑《の》んだが平静を装って頭を下げた。

そろそろ疲れたわと笑った皇太后は侍女と共に戻っていく。

青い爪。やはりキシュケと同じだ……。部屋に戻ってもう一度考えを整理したい。

「これは、これは。……パージル伯爵令嬢。お一人で散策ですか？」

背後から呼びかけられてカノンは足を止めた。

振り向けばセネカ・ラオ、ミアシャの兄がいた。いつかのミアシャはセネカに会っていたはず。俯き加減のミアシャを思い出して、カノンは眉を顰《ひそ》めた。

「ラオ小侯爵。ごきげんよう。ミアシャとどんなお話を？」

「ああ、愚かな妹に教育を施していただけですよ」

言いながらセネカはカノンの手を掴む。

「カノン様。お一人で歩くのは危ないでしょう？　私がエスコートいたしましょうか」

「ラオ小侯爵。無礼でしょう。私が声をあげないうちに離してください」

たとえ高位貴族でも、淑女の身体に断りもなく触れるのは無礼だ。そもそもカノンを未《いま》だに縁を切った実家のパージル伯爵令嬢と呼ぶのも悪意がある。

カノンが睨《にら》むとセネカ・ラオはにやけた。

「おお、怖い。陛下は気が強い女性がお好みでいらっしゃるのか。しかしカノン様。皇妃になるのは諦《あきら》めたほうがいい。あなたには後ろ盾がなさすぎます。――頼みの綱の皇太后様もお具合が悪いというではないですか」

皇太后のことを馬鹿にした口調に、元々無いセネカへの好感度がさらに目減りする。

「何が言いたいのです、セネカ・ラオ」

呼び捨てにすると彼は鼻白む。非礼を返されるのは不服らしい。

「議会の貴族も皆が、我が妹こそ皇妃にふさわしいと信じています。麗しのヴァレリア様も同じご意見です」

「皇女殿下?」

「ありがたいことに皇女殿下はどの侯爵家よりも我が家に信頼をおいてくださっています。次の皇女殿下の誕生日を我らが主催として祝うことを命じてくださいました。ああ、カノン様。あなたの誕生日はどなたが祝うのですか? ——私がエスコートしてさしあげてもいいが」

カノンは肩に回された不愉快な手を払った。む、とセネカが口を歪《ゆが》める。

その手に当主しか許されないはずの紋章入りの指輪を認めて、カノンは眉を顰めた。

指輪に刻まれたのはラオ家の紋章である、天馬と花。

「皇妃のことは陛下の心のままに。周囲がとやかく言わずとも陛下がお決めになるでしょう」

セネカは鼻で笑った。

「陛下があなたに飽きたらどうするおつもりです?」

「陛下の心が離れても私は変わりません。今までと同じです。皇宮図書館で働きます」

言い切ると、セネカは何がおかしいのか高らかに笑った。

「はっ、貴族の女が、いつまでも——遊びのような仕事を続けられるものか!」

遊びでやっているわけではない。

反論しようとしたカノンをセネカがなおも皮肉に見る。

「皇宮を出られるならば、ご相談に乗りますよ。あなたは傍系とはいえ皇族の血筋だ」

――口説《くど》かれているのだと気づいてカノンは怒るよりも先に呆れた。

カノンが今後落ちぶれるとしても、今はまだルーカスの寵姫《ちょうき》だ。それを皇宮で堂々と口説くとは！　誰も見ていないのならば平手打ちでも食らわせてやろうかと思ったが……

「義姉上」

「……レヴィナス？」

少し反応が遅れた。聞きなれた声の方角に視線を向ければ、義弟の背後にはカノン付きの侍女がいる。――そういえば、今日弟が来てくれると約束をしていたのをすっかり忘れていた。

レヴィナスと侍女の登場にセネカ・ラオはちっと小さく舌打ちをし、頭を下げた。

「それではごきげんよう、ご令嬢」

何事もなかったかのように身をひるがえして去っていく。レヴィナスはカノンを背後に庇《かば》ってセネカ・ラオを睨んだ。

「義姉上。ラオ小侯爵となにか？　口論をしているようにも見えましたが」

「世間話をしていただけよ、レヴィ。待たせてごめんね。すぐ部屋に戻りましょう」

「構いません。――せっかくですから少し歩きませんか？　ここのところ大学に籠《こも》ってばかりで運動不足なので」

「そう？　では花園の向こうの四阿《あずまや》へ行かない？　庭園が一望できて綺麗なの」

カノンの誘いに義弟は素直に応じた。

レヴィナスの本分は大学生だ。

来年の卒業にむけて論文を書いているところらしい。

「レヴィナスは卒業したら何をするの？」

現伯爵のグレアムから爵位を継ぐのは既定路線だが、彼は在学中からいろいろな事業に手を出していた。商売をするのかもしれない。

「まとまった休みがとれそうなので見聞を広めるためにも外国に行くかもしれません」

「外国へ旅行なんて素敵ね！」

おそるおそる、という風にレヴィナスは尋ねた。

「義姉上もそう思われますか？　旅券も宿も僕が手配しますので、一緒にいかがですか？」

「私も？　そうね……、私は皇国から出たことがないから一緒に行ってみたいわ。あ、でもその前に東部にこっそり行くことになるかも」

「東部？　なぜです？」

「調べたいことがあって。陛下も気にしていらっしゃることなの」

「陛下が」

皇太后の不調がキシュケの呪いの原因と同じならば、解決することできっといい影響があるはずだ。

「そんな遠くまでわざわざ義姉上が行かずとも……」

「いつもいただいてばかりだから。私も少しくらい力になれたらいいな、って」

「義姉上は陛下を大切に思っていらっしゃるのですね」

「そうね……」

不意にレヴィナスの声が低くなったことに気づかずにカノンはふと視線を逸《そ》らして……その姿勢のままその場で固まった。

花園の奥、人目を避けるようにして会話を交わす男女の影がある。

思わず、カノンは近くに会った樹木の影に隠れた。

「義姉上……？」

カノンの行動を訝しんだレヴィナスも視線をあげ、目を見開いて義姉に倣《なら》う。

――ルーカスと、ミアシャが二人きりで会話を交わしている。人目を忍んで。

「二人で、なんの話でしょうか。挨拶《あいさつ》を……」

「レヴィナス」

姿を現そうとした義弟をカノンは反射的に止める。

二人は皇宮で暮らしているのだから、ルーカスとミアシャが二人きりで話をしていてもおかしくない。カノンだって今この瞬間レヴィナスと二人で歩いているのだから。疚《やま》しいことなどないのだろうから普通に姿を現すべきか、と逡巡《しゅんじゅん》していると、ミアシャの声が聞こえてきた。

「どうか私をお側に置いてください」

びくり、とカノンの肩が震える。

「陛下。我が家門は古くより皇家に仕え、さまざまな犠牲を払い皇国の礎《いしずえ》となってきました。今は病で床《とこ》についてはいますが、父の陛下と御先代への献身はよくご存じのはずです！」

カノンたちに背を向けているルーカスの表情はわからないが、皇帝の背中越しにミアシャの悲痛な表情が見える。

「どうか私どもをお見捨てなきよう。何より我々は必ずお役に立ちます、陛下。どうか私をお側に置くとおっしゃってください。――陛下が望むものが何か、私はすべてわかっているつもりです……！」

カノンは知らずに拳《こぶし》を握りしめた。

側に置くという言葉が何を示すかなんて考えるまでもない。

セネカ・ラオが勝ち誇っていたのはこれか、と思う……。

彼は「今頃妹は人目を忍んで皇帝と会っている」と言いたかったわけだ。

視界の端で、ミアシャの表情が安堵《あんど》で満ちる。皇帝が是と言ったのかもしれない。

彼女は皇帝の前に跪《ひざまず》くとその手をとって額に押し付けた。まるで忠誠を誓う騎士のように。

「いいだろう。ミアシャ・ラオ。面白い……、お前の望みを叶《かな》えよう」

「感謝いたします。皇国のいと高き方――この身が朽ちるまでお仕えすることを誓います」

──風がうるさくなったせいで、そのあとの二人の会話は聞こえなくなる。

二人がいなくなるまで、カノンはまるで足に根が生えたようにその場を動けなかった。

「義姉上」

呼びかけられて、我に返る。

「……レヴィナス。寒いからもう部屋に帰りましょうか。なんの話をしていたのかしら。あとでミアシャに聞いてみようかな」

「義姉上……！」

「もうすぐ春が来るというのに寒くてかなわないわ……。冬は嫌い」

「カノンっ」

ぐい、と強い力で腕を掴まれてそのままレヴィナスの腕の中に引き寄せられた。

真正面から見据えられてカノンの肩がびくりと震えた。

「さっきのあれはなんなのです。こんなところで、人目を忍ぶように会うなんて！　陛下は義姉上を裏切っているのではないですか」

「……違うわ」

カノンは曖昧《あいまい》に笑った。

裏切りではない、たとえルーカスがミアシャを選んだとしてもそれは彼の咎《とが》にはならない。

なぜならば、ルーカスとカノンの間には本当は何の約束もないから。

青い顔をしたままのカノンに、レヴィナスが心配げに囁《ささや》いた。

「皇国の歴史において、伯爵令嬢が皇妃になった例は一度だけ。年老いた皇帝の後妻として、です。議会は義姉上を認めないでしょうし、ラオ侯爵家は嫌がらせをしてくるかもしれない」

無言のカノンにレヴィナスはさらに言い募る。

「皇宮を去りましょう。義姉上。もともと義父上たちから逃げて皇宮に来たのですから。もうあなたをおびやかすものは伯爵家にはない。僕と一緒に家に帰りましょう」

「レヴィ……」

義弟の声は優しい。

カノンは少し考えて……、皇宮の庭園を眺めた。皇太后ダフィネと散策する庭園だが、たまに皇帝の気が向けば三人で歩くこともある。

少し歩いたところが太陽宮で、カノンは自室の窓から見える新緑が好きだ。窓辺にはいつもラウルが花を飾ってくれて、客間にはにこにこと笑ってロシェ・クルガが話をしに来て、背後でシュートが苦笑している。

皇宮図書館に行けばゾーイが働きたくないと愚痴りながらもカノンと一緒に図書館運営に尽力してくれて……。カノンは、苦笑した。

家、というには伯爵家は思い出が寂しすぎ、皇宮は楽しい記憶が多すぎる。

カノンの沈黙を、肯定と取ったのか、レヴィナスは言葉を続けた。

「義姉上が望むなら伯爵家でどんな贅沢《ぜいたく》もしてくれて構いません。――皇宮も皇帝の隣も、あなたには似合わない。今まで苦労なさった分、何もせず楽をなさってもよいではないですか」

カノンはぽつりと呟《つぶや》いた。

「何も、せずに……？」

「そうです。不自由な思いもさせない。僕や伯爵家はあなたを傷つけたりはしません……！」

カノンは沈黙したが、小さく首を振ってレヴィナスから、そっと逃《のが》れた。

レヴィナスが善意で言ってくれたのはわかる。――しかし……

「……ありがとう。でも、私は皇宮にいるわ」

「……義姉上……」

「何もせずにただいるだけなんて嫌。レヴィナス私は確かに頼りないけれど、そんなに何もできない？」

「ちがっ……！　そういう意味では」

伸ばされたレヴィナスの手をそっとカノンは包んだ。

義弟はいつも心配してくれる。成人になった日に唯一、贈り物をくれたのは彼だ。

成人の日を喜んでいいと思えたのは彼のおかげ。だから、ガラスのペンはカノンの宝物だ。

レヴィナスが次期当主になる伯爵家に戻ってのんびりと守られながら過ごす。それはきっと穏やかな日々になるだろう。

けれど、とカノンは顔を上げてレヴィナスの瞳を覗き込んだ。

「陛下がミアシャ様と結婚されても。私は何かを失うわけじゃないわ……。皇宮からは去っても、今まで為したことは無駄にならないと信じている。そしてこれからも続けるつもり」

最後は自分に言い聞かせるように、カノンは呟いた。

「だから心配しないで。レヴィナス。私は一人でも大丈夫よ」

カノンは微笑み、どうしても目じりににじんだ涙を慌てて指でふいた。

「今日は慌ただしくしてごめんね、また今度ゆっくり遊びに来て」

レヴィナスが何か言う前にカノンは踵《きびす》を返し、足早に自分の部屋へと歩き去る。

「……カノン……」

レヴィナスは呆然と呟いたが、義姉を追うことはせずに……力なく俯いた。

「僕はただ、あなたを守りたくて……。あの方じゃなく、僕が先に……あなたを心配していたのに……」

その言葉を聞くべきものは去り、もう視界の先には誰もいなかった。

◆◆◆

数日後、約束通りカノンはキシュケと皇宮図書館を訪れることになった。護衛として、シュートも帯同している。

皇宮図書館のカノンの執務室で向き合いながら、カノンは相変わらず顔色の悪いキシュケを見上げた。

「その……体の具合は大丈夫ですか？」

先日のように血が足りなくなるのではと心配するとキシュケは居心地悪そうに身じろいだ。

「陛下が弟も皇宮に呼んでくださいましたので。そういう意味での不便はございません」

「リオンさんが」

カノンが地下室で見た青年を思い出しながら呟くと、キシュケは怪訝な顔をしつつも頷く。

「はい。ですので、日常生活には何の不便もありません」

「そうなのですね。よかった。……実はこんなものを用意していたんですが」

カノンが菓子器に山盛りにされたコイン大の赤い果実を差し出すと、キシュケは不思議そうにそれを眺めた。

「西の大公閣下からいただいたんです、サジィという木に生《な》る果実なんですが」

「……西の果実ですか。はじめて見ます」

西国の大公ベイリュートは、以前カノンと縁があって、今でもたまに手紙や珍しい西の産物を送ってくれる。怠惰な大公閣下は意外にも筆まめだ。

「貧血によく効くのだそうです。肉類も効くそうですが、こちらの方が鉄ぶ…、いえ、貧血に効く成分が多いって」

鉄分、はこの世界では一般的な概念ではない。カノンはもごもごと口の中で誤魔化した。

「貧血……、なわけではないような……いや、貧血なのでしょうか僕は？」

キシュケが首を捻りながらもモグモグと口に含んでくれたので、カノンは少しだけほのぼのとした。すこし陰気なきらいはあるが、キシュケ・ランベールは案外、感じがいい。

オスカー、ルーカス、ベイリュート、ロシェ・クルガとあくの強い攻略対象と会っていたのでなんだか感慨深い。

カノンはラウルに頼んで作ってもらったサジィの果汁も振る舞ってみた。

「飲みやすいですね」

「果汁にすればたくさん摂取できますから。気にいったなら、またお届けします」

カノンはサジィだけでなく、「血が足りない時に摂取すべきもの」を列挙してみた。

根本的な解決にはならないかもしれないが、すこしでもキシュケの体調が上向くといい。

ゲームの中でヒロイン、シャーロットはキシュケの偏食を克服すべく、色々な食べ物を用意していた。キシュケはサジィが好きさとスチル絵ではにかんでいたのを覚えている。

カノンはヒロインではないから、忽《たちま》ち好感度が上昇することはなさそうだが、心中に巻き込まれたりしないように少しでも評価は上げておきたい。キシュケは何か言いたげな様子でカノンを見たが言葉を呑み込み、話題を変えた。

「大公閣下と伯爵は交友関係がおありになるのですね？　ぜひご紹介いただきたいものです。西の商人たちは僕たち東部の人間には素っ気ないので」

「そうなのですか？」

「西国の人々は、新参者を厭《いと》いますから。伯爵は商売に興味がおありなのですね？　弟君と印刷会社も経営していらっしゃる。皇宮にいれば暮らしに不自由はないでしょうに」

カノンは苦笑しつつ頷いた。

「――いつまでここにいられるか、わかりませんから」

(この身が朽ちるまでお仕えすることを誓います)

ルーカスに跪いて誓っていた、ミアシャの必死な横顔を思い出す。

彼女が皇妃になれば、仮初の恋人に用はない。伯爵家で何もせず暮らせばいいとレヴィナスは言ってくれたが、何もせずに実家に養われるのは性に合わない。

ラオ侯爵家と近しい家柄の子爵は思い当たることがあるのか、んんっ……と不自然に空咳《せき》をした。

「キシュケ様も皇宮でも商談をしていらっしゃるとか？　仕事熱心なのですね」

キシュケが苦笑した。

「ただ滞在するだけでは暇だろう、と陛下から許可をいただき――女官長と話をさせていただきました。あとは近衛騎士団の方とも」

「武器も扱われるんですか？」

「そうですね。魔石……、たとえば黒鉱石をつかった剣はさすがに手配できませんが、鉄のものならば東の技術をつかった質のよいものをご用意できるでしょう」

意外にも皇宮になじんでいる。

「皇宮を楽しんでいらっしゃるようで、何よりです。てっきり逃亡を試みるかと」

「シュート卿がいるのに？」

眉間に皺を寄せたキシュケの肩越しにシュートが見える。つつましく扉の側に控えた騎士は黙ってカノンに向かって頭を下げた。キシュケは騎士をちらりと見ると、ぶるりと震えた。

「負け戦はいたしません。――逃げようと試みた途端、シュート卿にばっさり二つに斬られるんでしょう……？　なんと恐ろしい」

カノンは明後日の方向へ視線を彷徨《さまよ》わせた。

「さ、さすがに、シュート卿はそんなことはしないかと……た、たぶん」

「……絶対ない、とそこは言いきってほしいな……」

先日ルーカスが過剰に脅したせいで周囲の人々への不信も高まっている。シュートはともかくラウルはキシュケ相手に唸っていたし居心地は悪いかもしれない。

「しかし、いっそ僕は斬られて成敗されるべきかもしれませんね」

キシュケはそっとカップをソーサーに置いた。

「キシュケ様？」

「……皇太后様のご不調は、確かに東部の患者たちと同じです」

カノンは口を噤んだ。

昨日、皇太后の指の先が青く見えたことを思い出す。確かに、その可能性は高い。

「僕は陛下に皇太后様の不調に自分は関係ないと言いましたが、……僕のせいかもしれません。僕がどこかで感染させたのかも……」

カノンは首を振った。

「皇太后様にお会いしたことはないでしょう？　なのにどうやって感染させるのです」

キシュケがっくりと項垂《うなだ》れる。

「もしも僕が原因だとしたら。僕のこの症状が誰かに感染するのだとしたら。そもそも東部の皆があなったのも、僕のせいだとしたら……！　こんなところでのうのうと本で原因など探さず、さっさと死ぬべきではないのか……被害を広める前に」

完全にネガティブな方向に思考が向かっている。

「弱気にならないで。そもそも東部の皆さんの症状は中毒なのでしょう？　真実、症状が同じだけかもしれない。——もしもあなたと原因が同じなのだとしたら、あなたの症状を改善できたら、それは幸運よ。……東部の皆さんだって快癒するかもしれない」

励ますカノンを、キシュケは見た。暗い赤色の瞳をひた、とカノンに向ける。

「しかし、――伯爵は僕のことをよくご存じですね……。特別に調べたみたいだ」

「私が？　あなたのことを？　どうして？　そんなことしないわ」

カノンが若干引き気味に言うと、キシュケは、こほんと咳払いした。

「……妙な意味での自惚《うぬぼ》れではありませんので、ご心配なく。東部の伝承を探しているのを知っているだけならまだしも、弟の名前もご存じでしたから」

カノンは思わず口元に手を当てた。しまった。つい口を滑らせてしまった。

じっとキシュケの視線がカノンに定められる。観察するように。

「弟さんの名前は、その……皆から聞いたの。ライオネルさん、だから愛称でリオン……」

「妙ですね。リオンは家族だけが呼ぶ愛称です。弟は商売上、ライオネルではなく、父と同じラケル・ランベールと名乗っています。東部の一介の商会長の弟の愛称を、皇帝陛下の寵姫がいつ知るというのです？　つい先日まであなたは僕の顔さえ知らなかったのに」

「……ええ、と……」

鋭い。

「僕の顔さえ知らなかった割に、……あなたは僕について妙に詳しい。それになぜか僕の症状に興味がおありで、親身に僕の悩みに寄り添い、解決しようとなさっている。皇帝の寵姫ともあろう方が――なぜです。不自然ですよ」

カノンはうう、と呻《うめ》いた。

キシュケ・ランベールはあくが強くない、という前言は撤回したい。人畜無害《じんちくむがい》そうな顔をして、やはり一癖ある。

カノンが視線を彷徨わせていると、キシュケは声のトーンを一つ落とした。

「僕は先日、皇宮図書館で奇妙な幻影を見ました。まるで人間が死ぬ前に見るという走馬灯のような……。僕の姿をした何かがあそこで僕の過去を勝手に演じていた。……背後には観客がいて悲喜劇を真剣な顔で見ていた」

キシュケがカノンを見据える。

「……伯爵。あなたはあそこにいて、僕の過去を見ていましたよね？」

二人の間に重々しく沈黙が落ちる。この状況での沈黙は肯定に等しいなと感じながらカノンはちらりとキシュケの肩越しにシュートを見た。

離れたところにいる騎士が、こちらを注視している。

――キシュケとカノンが悲壮な面持《おもも》ちで沈黙したので、気になっているのだろう。大丈夫、と騎士に合図を送り、カノンは蒼白《あおじろ》い顔をした青年と対峙《たいじ》して白状する。

「そうですね、私もあなたと一緒にあなたの過去を視ました……弟さんとの会話も聞いたわ」

「皇族の血を引く方は夢見をされると聞きました……。僕の意識の中に入り込んだのはその異能の応用でしょうか？」

「ええと、夢見もしますが……、あのように、誰かと意識を共有したのは初めてです」

歯切れ悪く言ったがこれは嘘ではない。確かに夢でもキシュケのことを見た。

キシュケの目に感嘆の色が浮かぶので、カノンは罪悪感を覚える。嘘ではないがカノンが夢や地下室で覗けるのは特定の人物、ゲームの攻略対象だけであって異能というわけではない。しかも決まった場所でだけ。異能ではなく「ゲームのバグ」と呼ぶのがふさわしい。

カノンは、言葉を選びながらキシュケと己との因縁について説明を試みた。

「あなたのことを視たのは実は皇宮図書館が初めてではないのです。だから私はあなたの名前を知っていた。夢であなたらしき人を見てうなされていました」

「うなされる？　それは、どのような……」

カノンは行儀が悪いなと思いつつもキシュケを指さした。

「夢の中では、私は何度も殺されるのです——キシュケ・ランベール子爵に」

キシュケの顔が引き攣り、ただでさえ悪い顔色がさらに蒼白《そうはく》になる。

「荒唐無稽すぎます。——僕はそんなことをしません！　皇帝陛下の寵姫に危害を加えたら僕だけでなく一族が破滅するのですよ？　僕はあなたに何の恨みもないのに！」

たしかに、荒唐無稽だ。

話に説得力をもたせるために、カノンは奥の手であるゲームの知識を披露することにした。

「夢見のおかげで、私はあなたのことならなんでも知っているのです、キシュケ・ランベール。二十八歳。趣味は盤上遊戯とカードゲーム。偏食家で三食たべずによく乳母《うば》のマリーさんに怒られる。甘味は苦手なのに苺《いちご》が好物で季節になると弟さんの名義で店まで出したでしょう」

ぎょっとキシュケが身を引いた。

宣託のように聞こえたかもしれないが、すべてゲームのキャラ紹介に書いてある事項だ。

「あと、初めて飼った犬の名前はキュービで茶色いフワフワしたかわいい子です。キュービが亡くなった二年前、あなたは夜通し泣きましたね？」

あわあわとキシュケが慄《おのの》き視線に畏怖の色が浮かぶ。カノンはふっ……とできるだけ不敵に微笑んで見せた。カノンをさぞ有能な夢見の能力者だと勘違いしてくれたことだろう。実際はゲームの情報をなぞったにすぎないのだが。

「皇族の異能とは恐ろしいものです……いや、しかし……。私がもしも……万が一、伯爵を殺す可能性があるとしても、そもそも、このまま伯爵と私が会わなければいいのでは？」

ごもっともな指摘だ。

キシュケにこのまま領地へお帰りいただき、カノンは皇都でのんびり暮らす。

その後、一生会わなければいい。

「そうしたいのは私もやまやまですが、以前、別の方からも殺される夢を見たことがあるのです……その時も、私は逃げることが許されませんでした」

「……なんで、そんなに殺されるんです、伯爵」

そんなのカノンがこの世界に生きる「悪役だから」に決まっている。

「ともかく、私がその人と離れようとしてもどうしてもうまくいかずに会ってしまうのです。あなたにも以前、ここで偶然会ったように。――その方の抱える問題を解決するまで、どんなに避けても絶対に出会ってしまう。――いうなればそれが私の呪いです」

「……別の方、とは？」

「私の元婚約者のオスカーとロシェ・クルガ神官です。オスカーは真実愛する人……、私の異母妹と結ばれ、ロシェ・クルガ神官は会いたかった人と再会したことで、呪いが解けました」

キシュケは沈黙した。信じがたいと思っているのだろう。だが、ロシェ・クルガはともかくカノンの元婚約者がカノンの異母妹と真実の愛を貫いて婚約したのは有名な醜聞だ。

もう一押しとばかりにカノンは胸に手を当てて芝居がかった口調で言った。

「私が夢に見る方は、何かに困っておいでです。その困難を解決することが、神が私に課した使命ではと感じているのです」

うーとキシュケは唸って頭を抱えていたが……、諦めたようにため息をついた。

「承知しました、伯爵。……伯爵のお話を信じます」

キシュケは視線を落とす。

「僕自身はこの症状を一族特有の病だと言いました。自分自身でもそう思ってきました。ですが、一族には伝承があるのです。……僕の祖先が魔物を怒らせて、その呪いを受けた……と」

「怒らせた？」

「ええ。古代人を使役する魔物を怒らせたと。五百年近く前、建国の頃だと聞いています」

「それで東部の伝承を探していたんですか?」

「この症状が病気でなく言い伝えの通り呪いならば、古い文献になにか手掛かりがないかと考……。呪いの原因がわかれば僕の症状も、東部の患者たちの症状も快癒するのではないかと考えたのです……今、東部の患者たちは一時的に症状が落ち着いています。けれど人間の血を飲み続けて生きていくのは……、あまりにおぞましいことです。それに、彼らが、いや我々がその先を望むようになったら……」

キシュケは額を押さえた。

中毒に倒れた患者に血を飲ませたのは、命を救うためにやったことだ。

だが、それはあまりに身勝手ではなかったか。そしてこれから皆の血への欲求が悪化するのではないかと彼は罪悪感に苦しんでいる……。

「大丈夫ですよ。きっと解決方法が見つかります」

「――しかし、伯爵にご尽力いただくのは申し訳なく」

「あまり重く考えないでください。キシュケ様。あなたの問題を解決する使命を果たせないと、私が死にそうで、安心して夜も寝られないだけです。保身なのです。それに、図書館長という地位はあなたの一族の呪いの元がなんなのか突き止めるために助けになるかもしれません」

キシュケはしばらく沈黙し考え込んでいたが、やがて諦めたように、はあっとため息をつくと、カノンに手を差し出した。

「ご尽力感謝します」

カノンは驚きつつもキシュケの手を握り返した。骨ばって、ひんやりと冷たい。

「いいのですか？　私に一族の伝承を話してくださって」

「伯爵は、僕に弱みを見せてくださったので。そのお返しです」

「弱み？」

カノンが聞くと、キシュケは苦笑した。

「──『いつまでも皇宮にいるわけではないかもしれない』と。ミアシャ・ラオ様が皇妃の候補として有力なのは私も存じております。──僕もラオ侯爵家所縁《ゆかり》の者なので」

カノンは笑った。手の内を明かしたカノンを信用してくれたということらしい。あるいは、カノンを哀れんだのかもしれないが。

「私はこの皇宮で正式な地位を得ているわけではないですから。本当にいつどうなるかはわからないんです。ただ、もしも皇宮を去ることになっても皇宮図書館の館長と何かしら本に携わる仕事はするつもりです」

ルーカスはカノンとどうなっても、図書館長として勤務し続けることは認めてくれるだろう。

「ランベール商会とは、ぜひ懇意にさせていただきたいわ」

「──どうぞ親しくキシュケ、とお呼びください」

「私のこともどうか、カノンと呼んでください」

友好を確認しあった二人は、さっそく皇宮図書館の蔵書に何か手掛かりがないのか探すことにした。

「僕もあらかた書籍は探したのですが……」

神話に近い古代人全盛期の千年前について書かれたものや、東部の伝承をかたっぱしから読んでいたらしい。キシュケが厳選した十冊近くの本を集めたところでその日は帰ることにした。

「――サジィの実、キシュケに全部あげたらよかったかな」

美味《おい》しい、と喜んでくれたのでよかった。ベイリュートが大量に送ってくれたおかげでまだ、カノンの部屋にはあるのだ。

皇太后様にさしあげたら飲んでくれるかな、ミアシャにも分けたら……、と思ってカノンはため息をついた。

「ミアシャに会いに行くのは気まずいよね……」

では、ルーカスに渡すのは……と思ってさらに深いため息をつく。

先日の光景が瞼《まぶた》の裏に焼き付いていて、会うのは気が進まない。

(ルカ様だっていつかは本当にどなたかを皇妃に迎えるだろうし)

いつか、誰かにそう言ったことがある。全然平気だとそんな口ぶりで。ラウルに対してだったろうか。

「嘘ばかり。……本当は嫌なくせに」

カノンはソファの上で行儀悪く膝《ひざ》をくんで頭を載せた。

「いざそうなったら――身勝手に傷ついて馬鹿ね」

言葉では嫌だなんて言いながら、ルーカスが自分を好ましいと告げてくれたのが、どれだけ嬉《うれ》しかったか、どれほど舞い上がっていたのか痛感して嫌になる。

レヴィナスの前でも平気な顔をしたけれど……。強がりだ。

眠れないので、引き続き古代語の解読をしてみようと試みるが……集中できない。カノンはため息をついた。

「やはり、文章にならないわ」

カノンは机に本を置いた。

やはり、文字の形が見慣れた古代語と違うのだ。

「原書のインクがところどころ掠《かす》れている……、とか？」

だったらお手上げだ。カノンはため息をついて、古代語の裏表紙に触れた。

よくあるモチーフだが、見事な天馬が描かれている。……天馬はラオ侯爵家の象徴であるのはあまりにも有名だ。どうしてもミアシャやセネカのことを思い出してしまう。

「ラオ侯爵家の初代は魔力の強い人だったのよね。天馬を従えて戦場を駆け、天馬と共に魔物を封じた。皇帝の国土統一と共に彼の戦場での任務は完了した――。そして役目を終えた天馬は空に還《かえ》り侯爵の腹心だった騎士がついていった……と」

そういう伝承だ。

天馬への恩を忘れないためにラオ侯爵家の紋章は「天馬と花」にされたという。花は初代侯爵の妻が好きだった花だと伝わっている。

「……いけない。また眠れなくなったわ」

考え事を始めると深夜でも目が冴《さ》えてしまう。悪い癖だ。ため息をついたカノンはふらりと私室と続きの間の書斎に足を踏み入れた。気落ちする時は本を読むに限る。思いきり失恋の本でも読もうかなと古典が集められた書棚を漁《あさ》っていると――

「その本はやめた方がいい。――知っているだろうが、結末が悲惨で気に入らん」

「ルカ様！」

気配に気づいていなかったカノンはびっくりして振り返った。

キリアンたちに業務を迫られたルーカスが書斎で勝手に惰眠を貪るのはよくあることだ。

だが、今夜も来ているとは思わなかった。

「どうかしたか？」

ルーカスが不思議そうに小首を傾げ――あまりにいつも通りでカノンは苦笑してしまった。

色恋沙汰《ざた》にやきもきしているのは、カノンだけらしい。

「寝つけなくて。でも、なぜこの作品が駄目なのです？　素敵な話ではないですか」

よくある、と言えばそうだが古典文学で身分違いの恋愛だ。

とある国の、聡明《そうめい》な姫君と身分が低い騎士の話。

政略結婚をさせられそうになった姫は騎士を愛しているから結婚は嫌だと父親に泣きつき、国王は怒りのあまり騎士を殺す。

希望を失った姫君は、結婚式の当日に花嫁衣裳を着て毒を飲んで儚《はかな》くなるのだ。

「何ら悪事に手を染めていない騎士が殺されるからな。騎士は国の財産だ。一人育てるのにいくらかかるか……。国主のくせに私情で殺すなと言いたい。法が許さんだろう」

恋愛小説に法典やコストを持ち出さないでほしい。

「姫が流されるままなのも気に食わん。──困難に直面した際、泣いても何も解決せん」

指摘があまりにもルーカスらしくてカノンは小さく吹きだした。

ルーカスは寝そべっていたソファから半身を起こし、カノンを見上げた。

「キシュケ・ランベールと皇宮図書館に籠っていたとか？　何か面白いことがわかったか？」

「たいしたことは、何も」

カノンはルーカスを見下ろしながら尋ねた。

「キシュケが皇太后様の不調に関係している、と真実、疑っておいでですか？」

「さて」

ルーカスは笑って目を細め、カノンの問いへの答えをはぐらかす。赤い瞳は暗闇《くらやみ》の中、光を弾《はじ》いて宝石のようにも、あるいは血のようにも見える。

「ラオ家の所縁の者が病にしろ、毒にしろ。故意に祖母を害したとあらば——、それを盾に色々と有利に進めることができるかもしれない、とは正直思っている」

詳細はわからないが、ルーカスならやりかねない。

色々と有利に……とはミアシャとの婚姻の際の条件だろうか。それとも別のことか。

「そのために、ランベール子爵を利用して濡《ぬ》れ衣《ぎぬ》を着せると言ったらどうする？」

穏やかに問われ、カノンはじっと皇帝を見つめ返した。

「たとえあなたの意に添わなくても。——私は、私のすべきことを為《な》します。ルカ様」

「すべきこと？」

「キシュケに約束しました。彼の体質を治す手助けをする、と。なので、それを実行します。

そして彼は皇太后様の件とは無関係だと、私は信じています」

東部の皆を救いたい、と言っていた青年を信じたいし、助けてやりたい。

「俺の邪魔をするなと言ったら？」

「従えません。ご不快ならどうぞ力ずくで止めてください」

くつくつ、と皇帝は喉を鳴らした。

「いつも当たり前のように俺に反対して、当たり前のように理想を語るんだな、君は」

「――理想無くして、大事は成せないでしょう？」

「俺は時々、くじけそうになる。何もかも力だけですべて制圧できればさぞ楽だろう、とな」

「その軽口は笑えません、ルカ様」

「軽口だと思うか？」

絶大な権力と魔力を持つ人だ。その気になればキシュケを破滅させることも、ラオ家を脅して完全に傘下《さんか》に置くことも可能だろう。カノンのやりたいことを阻止することも。

「……そうでないと、困ります。陛下」

カノンがわざと陛下と呼ぶと、ルーカスはどこか楽しげに笑い、カノンに己の隣を示した。

「まあいい、姫君は姫君で好きにやれ。俺は俺でやりたいように動く」

大人《おとな》しく従ってルーカスの隣に座る。

「……皇太后様の病状は落ち着かれているのですか？」

「今は、な。試しに俺の血を飲ませてもいいが。ばれたら泣かれそうだ」

ダフィネは孫であるルーカスをいつも心配している。

己のためにルーカスがたとえ一滴の血でも犠牲にしたと知れば悲しみそうだ。――キシュケのことは慰めたけれど、確かに他人の「血を」もらって生き延びるというのは倫理的に受け入れない人間もいるだろう。

皇太后ダフィネが後者であることは想像に難《かた》くない。

——そうならないように、カノンは呪いの原因を突き止めたい。

カノンはルーカスの隣で彼が嫌いだといった本を開く。

「ルカ様なら、恋物語の結末をどのように書き換えますか？」

「俺なら？　——そうだな。功を立てて認めさせるか、いっそ駆け落ちでもすればいい」

あっさり言うのでカノンは笑ってしまった。

「駆け落ち！　それはロマンチックですけれど、成功したとして深窓の姫君ですよ。貧しい騎士と添い遂げてずっと幸せに暮らすのは無理かもしれません」

「二人で稼げばいい。何事も、試してみなければわかるまい。それが無理ならば、ほとぼりが冷めた頃に騎士と別れて帰ってくればいい。国王に誠心誠意頭でも下げて。衣食住くらいは何とかしてくれるだろう」

「周囲に責任を投げ出して逃げたのに失敗したと詰《なじ》られるでしょうに」

「詰られたからと言って、死ぬわけではない」

確かにそうだが、ルーカスの意見は、現実的に過ぎる。

「ルカ様に小説を書く才能はなさそうですね」

「そうか？　案外、新しい解釈として流行するかもしれん。誰しも自分の才能や向き不向きはわからないものだ。何でもやってみるといい」

「陛下が、現実的なのは、皇国にとって幸いなことだと思います」

「急にどうした？　褒めても何も出ないが」

皇帝ルーカスは苛烈な気性の人だが、おおむね理不尽なことは言わない。

会話はいつでもカノンにとって楽しかった。

仮初の恋人ではなくなってもたまには、こんな風に会話をする時間が取れるだろうか。

「何事も試してみよ、か……。いい言葉ですね」

「そうだろう。書き付けておくといい」

「ふふ、そうします」

——そんな時間が、あるといい。そう思いながらカノンは本を閉じた。

◆◆◆

翌日もカノンは皇宮図書館にキシュケと共に訪れた。

念のため、「キシュケ」について書かれた魔術書も手元に置いておこうと彼を執務室に残してこっそりと地下室の近くに行くと、馴染《なじ》みの浮遊感がカノンを襲い、白い光に目を閉じてあけると——いつもの通り殺風景な部屋にいた。紙に戻ってしまったオスカーの本以外は全部の本が不思議な淡い光を放っている。

義弟のレヴィナスを示す本は弱く点滅を繰り返し、カノンが触れるとそれが合図だったかのように光の一切が消えた。拒否された、と感じる。

せっかく家に帰ることを提案してくれたのに断ってしまったから……カノンに対して怒っているのかもしれない。カノンは本をそっと棚に返す。

鎮座している「憤怒」ルーカスの本を手に取ろうとしたがやめた。

――ルーカスのことは覗いても仕方ない。

たとえ本が開いたとしても、もはやカノンが見ていいものには思われない。ため息をついてキシュケの本を手に取ると、それを見計らったかのようにカノンは地下室から押し出された。

「お探しのものは見つかりましたか？」

「ええ」

カノンはキシュケの元に戻った。不思議なことに彼らのことを示した魔術書はカノン以外には開くことができない。

キシュケは変わった本ですね、と魔術書を興味深げに見たがそれ以上は何も言わず、二人はそのまま黙々と史料を探した――。

「――建国当時の史料はやはり古代語で書かれたものが多いですね」

目が疲れたとキシュケはこめかみを揉《も》んだ。

キシュケは古代語の読み書きがたぶんカノンよりも堪能《たんのう》だ。

「建国当時の歴史書は意外にも残っていませんから。――詳しい歴史というよりも神話という形で記されていることが多いですからね」

「たとえば？」

「初代皇帝は恐ろしいほどの異能があり、初代が大地に命じたことで皇都の一部が隆起し、この都市を見下ろせるようになった。そしてこの皇宮を建築した……とか」

さすがに誇張だろうが。初代皇帝が色々な能力を持っていた人であるのは間違いない。

歴史は、伝承や神話といった形で昇華され、支配階層のいいように改竄《かいざん》される。となると、手掛かりとなるような書物はあまり残されていないのかもしれない……。

若干、気落ちしたカノンの前でキシュケはそうと気づかずに続けた。

「他には、東部の天馬伝説でしょうか。ラオ家の開祖は天馬を天に還した……、とありますが、実際は、天馬は死んでしまったのでしょう。そのことを詩的に表現したのかと」

ふむふむ、と聞いていたカノンはふと思い出した。

「天馬と言えば、私が今解読しようとしている本も裏表紙に天馬が描かれているんです」

ふと思い出してカノンは古代語で描かれた本を机の上に置いた。

古代文字のように見えてそうではない……。見たことがない文字の形なのだ。

興味深げに本を広げて視線で文字を追ったキシュケは、ふ、と真顔になった。

「これは古代語の亜種ですね？　通常使われているものと、文字が違う……」

「ええ。そうなの。だから読めなくて」

キシュケはしばらくメモを凝視していたが、やがてぽつりと呟いた。

「……僕は、この文字と同じ形の文字を東部で見たことがあります。古代語に似ているのに全く読めないので不思議に思っていたのですが……」

カノンとキシュケは思わず顔を見合わせた。

東部。

「──その本はどこに？」

解読の手助けになるかもしれない。

カノンが聞くと、キシュケは言いにくそうに口に出した。

「東部のガゼノア。ラオ侯爵家の書庫です。装丁《そうてい》まで似ていますね。特徴的な装丁だったので覚えています」

「……ラオ家の書庫に？」

奇妙な偶然だ。黒字に金の題字。表紙はエンボス加工が施されている。裏表紙に描かれているのは後ろ脚で立ち上がって敵を威嚇《いかく》する天馬。

「似ているというよりほとんど同じ装丁です。作った人間が同じなのかもしれませんね。裏表紙に天馬の絵があって……」

キシュケは言葉を選んだ。

「東部のラオ家の別宅は住民に開放されています。ラオ侯爵は領民に近しくあろうとする方ですから」

——昔からよく好まれるモチーフなので気にしなかったが、天馬ということは元々ラオ侯爵家所縁《ゆかり》の本だったのかもしれない。

キシュケはやはり読めないな、と紙をめくり、——痛っ、と小さく悲鳴をあげた。

「あ、血が……」

紙で切れたのかキシュケの血が魔術書ににじむ。

慌てて拭こうとしたキシュケの手の下で魔術書が眩《まばゆ》く光り、カノンは目を瞠《みは》った。

キシュケの血がまるで文字のように躍って宙を舞い、本に落ちていく。地下室にある魔術書のように淡く光り、二人だけを残して書庫にいたすべての人々の気配が消えた。

「……これは……」

——キシュケの血がタイトル部分の欠落を埋めている。おかげで、……読めなかったタイトルの部分が、カノンにも読める、馴染みある古代文字になっている。

「血が、……文字を埋めた？」

『古代帝国の魔物の目録』

というタイトルとともに、著者の名前が浮きあがる。

『——ギラフ・ラオ』と。

「キシュケ。この著者の名前って……ひょっとして」

「そうです、初代のラオ侯爵の名前です」

食い入るように見つめる二人の前で、本が揺れた。

◆◆◆

ゆらり、と人影が揺れる。

半透明の青年が暗闇の中で一人立っていた。

暗い赤色の髪をした青年が透明な姿で目の前に現れた。

(我が子孫の呼びかけに応じよう……汝《なんじ》は我が血を示した。我が名は、ギラフ・ラオ)

「しっ……喋《しゃべ》った！　ゆ、幽霊っ……？」

「キシュケ、安心して。これは記録媒体なはずよ。この人が喋っているわけじゃない。同じような仕掛けを見たことがある……」

鍛えた体躯《たいく》の、しかしどこか神経質そうな青年は、キシュケとカノンを、ひたと見た。

まるで生きているかのように。

(私が陛下のために斃《たお》した魔物をここに記す、子孫に伝えるために)

「子孫……」

「ランベール家は分家ですし、四代前の当主はラオ家の私生児を妻に迎えています。僕も子孫といえば子孫ですね」

キシュケの血が魔術書を開く鍵になったのだろう。

（この記録が、再びアレを封じる日のための助けになるように）

「これは斃した魔物の目録ではないの？　再び封じるとはどういうこと？」

カノンの問いには、ギラフは答えない。

生きているようには見せているが、あくまで自動再生なのだろう。

困惑している二人には構わず、ギラフ・ラオは自身が斃したという魔物を淡々と順番に説明していく。彼が説明するたびに本の間から魔物が飛び出して姿を示す。

下半身が蛇で、口が耳まで裂けた女、真っ赤な体毛の熊、三つ首の大蛇など……。

特徴はともかく生真面目な性質なのか、魔物の殺し方まで懇切丁寧に描写されていて目を背けることも許されず。つきつけられるカノンとキシュケは、渋面《じゅうめん》になった。

グロテスクだし、実体はないにしてもちょっとぞっとしない。

「……武勇伝を披露しているつもりなのでしょうか。自己顕示欲の強いご先祖様だな……」

「ご丁寧に魔物の死骸まで記録に残さなくても……」

カノンとキシュケが口元を押さえつつ、ひそひそと会話を交わしていると――、ギラフ・ラオがぴたりと動きを止めた。

（――最後のあいつだけは、斃すことができなかった。どうしても）

「斃せなかった？」

カノンの呟きに、ギラフが答えた。残念そうに俯く。

(私の愛する……災厄を招く天馬だ……)

「天馬？」

天馬といえば初代ラオ侯爵の相棒のはずだ。

それを斃せずに封じる、とはどういうことか。伝承によれば天馬は天上に還ったはず。

「災厄を招く？」

ギラフ・ラオは苦しげに続けた。

(天馬は血を好む、人間の血を……。だから災厄を招くと——我が主に嫌われたのだ)

カノンとキシュケは思わず、顔を見合わせた。

「血を……」

「天馬が、好む……？　嫌われた……？」

そんな話は聞いたことがない。

カノンが本を手に取って確認すると、一番最初のページには目次よろしく魔物の名前が書いてある。一番最後のタイトルが古代語で「空を駆ける馬」つまりは天馬のことが記載されている、とあるが。

カノンはそのページを開こうと本をめくって手を止めた。

「天馬の部分がない。……というよりこの本は、後半部分はないみたい」

「後半部分は別のところにあるんでしょうか……。侯爵の書庫にあった本がそう、なのでしょうか」

可能性がないわけではない。二人が考え込んでいると、ただそう喋るように組まれたものであるはずの古代の英雄は二人に視線を定めた。

（──我が主は命じた）

我が主、とは初代皇帝のことだろう。

（我が半身、我が相棒たる可愛い魔物を、殺せと。だから私は封じることにした。アレを）

ギラフ・ラオは淡々と告げた。

（哀れな魔物に……、私の子孫を供物《くもつ》として捧げることにして……）

「供物？　それはどういう……っ」

キシュケの質問には答えず、シュンッ……、と音がしてギラフ・ラオの映像は途切れた。

もう一度再生しようとしても、同じことを繰り返しそうなので、慌ててカノンは本を閉じようとした。くるくると本が回って、カノンの手を逃れ、先ほどの青年──ギラフ・ラオと、彼によく似た面差《おもざ》しの少し若い男性が並んだ姿絵が映し出される。兄弟だろうか。

ギラフ・ラオはキシュケと同じような暗い赤色の髪で、隣の青年は見事な赤髪をしている。

「妙だな」

ぽつりと呟いたキシュケの前で、本は閉じられた。

「――妙、とは？」

「いえ。僕の知るギラフ・ラオと――顔の……印象が違うので。知っているといっても、あくまで肖像画ですが……」

初代のギラフ・ラオは皇帝と共にトゥーランを建国した英雄だから肖像画がいくつも描かれている。火のような赤い髪、きらきらと光る瞳。明るい表情。

とかく建国に関わる人々は美しく誇張されているものだが、その特徴に近いのは先ほどカノンたちの前で魔物について滔々《とうとう》と語ってくれた青年ではなく、最後に映し出された映像の……隣に立っていた青年だ。

「……ギラフ・ラオはどうしてこんな魔術書を残したのでしょう」

「あなたたちラオ家の子孫に『伝えたい』ことがあったんじゃないかしら……」

天馬が血を好むという言葉も不穏だが、むしろそれを「封じた」というのが気になる。

キシュケが知っていた一族を呪う、魔物の話ともかぶる。

「天馬が魔物、なのでしょうか」

「国の英雄が使役していた……伝説上の生き物だから魔物ではないと思うけれど」

カノンは魔術書の表紙をなぞった。

白い馬の背中に大きな翼が生えているのが天馬だ。美しく速くそして強い。――騎士物語に憧《あこが》れるような少女ならば天馬といえば、十人中十人がそういう姿を思い浮かべるはず。

「魔術書の後半を読むべき、なのでしょうね……」

なにより――キシュケと会ったこの時期にカノンの手元にあるのがこの魔術書というのに奇妙な因縁を感じる。

「東部に行って魔術書の後半を確かめた方がいいのかも。ガゼノアに――行きましょう」

カノンはキシュケに、というよりも自分に言い聞かせるように呟いた。

◆◆◆

『魔術書解読のために東部のガゼノアにキシュケ・ランベールと向かいたい。供としてロシェ・クルガ神官を伴って』

カノンがそう書面で皇帝に許可を求めるといとも簡単に許可は下りた。

夕方、旅支度で忙しいカノンの元に言付《ことづ》けが……と侍女が報告してきた。侍女が言い出しにくそうにカノンにその名前を告げるので、カノンは作業の手を止めた。

「ミアシャから？」

「その……、ラオ侯爵令嬢はしばらく領地に戻るからご挨拶を、と。カノン様は今、お忙しいと告げると、ならばいい、と帰っていかれました」

「そう」

会えなくてよかったのかもしれない。

庭園でルーカスと密会していたミアシャを思うと胸がざわつくし、今はどんな顔をして会えばいいのかわからない。

「伯爵。その……、ミアシャ様が領地に戻られるのは皇女殿下のお誕生日の準備でしょうか？」

「今年はラオ家が主催するらしいものね？　きっと盛大な会になる」

侍女の問いの背後にあるものに何も気づかないふりでカノンは頷いた。

皇太后の代わりに、ミアシャ・ラオが皇女の誕生日会を取り仕切る。

貴族社会ではそれがどのような意味をもつか——わからないわけではない。

——皇太后の代理はミアシャ・ラオだと皇女が指名したようなものだ。侍女が心配そうに言葉を続ける。

「こうもおっしゃっていました『私のすることがうまくいったら、また挨拶にくる』と。宣戦布告のようではありませんか……あまりにも……」

侍女が涙目で言おうとするので、カノンは唇に指をあてて、しーっと侍女を制した。

「それ以上は言わなくていいわ。皆、色々と都合があるもの。私はミアシャ・ラオの幸運を祈ります」

カノンは自分の机の上に置いた許可証を見る。

東部に向かうための旅券とカノンの外出を認める皇帝の許可証だ。

ここ数日ほど全く会えていない皇帝に、カノンは東部へ行きたい旨を書面で申請し、ルーカスの許可があっさり出た、ということはカノンがどこかに行っても構わないということなのだろう。

「あなたが戻ってくる時には私はいないかもしれないけれど……。ミアシャ」

カノンはカノンで、出発前に一つ確かめたいことがある。

「明日の夜会のドレスを選びたくて」

カノンが言うと、侍女姿のラウルがやってきた。

「明日の、ランベール商会主催の夜会でございますか？　ずいぶんとあの商人をお気に召したようですが、彼は……ラオ家の」

「知っているわ、分家よね？　セネカ・ラオも来るかしら」

カノンが首を傾げる。いや、来てもらえなければ困るのだが。

「……いるでしょうが……カノン様は、ラオ小侯爵にご興味が？」

「あるわ」

カノンはきっぱりと答えた。

「ラウルは、セネカ・ラオと親しい？」

「家同士が懇意でしたから、人となりは多少知っていると思います。私は好きではありません。狩猟でも傷ついた獣を追いかけてとどめを刺すような……加虐趣味のある男です」

歯切れが悪い。

――ルーカスも、ロシェ・クルガも、ラウルも彼を好きではないのだから相当だ。

「それならちょうどいいわ。――彼が好きそうなドレスを選んで行きましょう」

「カノン様!?」

ラウルが目を剥《む》いた。慌てる侍女の様子がおかしくて、カノンは、ふふ、と笑った。

「髪も化粧も寂しい感じにして。ドレスも地味な色にしましょう。赤い宝石はつけずに……真珠なんかいいかも」

真珠は未亡人が好んでつける。儀礼ではなく単にそういう傾向がある、程度のものだが。

「カノン様、何を考えておられるのです？」

「セネカ・ラオは傷ついた獲物を前にすると追い打ちをかけてくる、のでしょう？　傷心の皇帝の寵姫を目の当たりにして――怪我をしたらいいな、と思っているの」

カノンは戸惑うラウルに向けて鏡越し、にっこりと笑ってみせた。

――珍しく皇宮に来たランベール商会の会長がささやかな夜会を開く。

招待客の中には寵姫カノン・エッカルトがいるらしい。

そういう噂を流したせいか、急遽《きゅうきょ》招待状を送ったにもかかわらず五十人程度の貴族がランベール商会の屋敷には集まっていた。

「それで、私がエスコート役ですか？」

カノンと腕を組みながらロシェ・クルガが小声でカノンに尋ねる。

二人がホールに入ると、客たちはいっせいにこちらに意識を向けた。カノンは扇子を広げて顔の半分を隠す。

「憐《あわ》れなカノン・エッカルトは皇帝を誘ったのに、振られて……、仕方なく放蕩《ほうとう》者の神官を誘ったんですって」

「放蕩者とは心外だな。しかしカノン様が陛下をお誘いしたとは知りませんでしたよ？」

「ルカ様をお誘いしたけど、なぜか来てくれなくて。と太陽宮の女宮たちの前で愚痴ってみたの。そしたら、昨日の新聞に掲載されていたわ」

「口の軽い雀《すずめ》が交じっているわけですか」

カノンの侍女は、今は信頼のおける者ばかりだが、女官たちの中にはそうでない者もちらほらいるらしい。カノンが口にしたことはすぐさま新聞を書く誰かに伝わっている。実のところ、ルーカスはここ数日ひどく忙しそうにしており、会えてもいない。誘ってもいないのだ。

「急に駆り出して悪かったわ。ロシェ」

「カノン様のご命令とあらば、どこへなりと。悪だくみの片棒を担ぐのは大歓迎ですよ」

「そうね、あなたは得意でしょう？　すこし付き合って」

カノンが見上げると神官は実に楽しげに微笑む。カノンとロシェ・クルガには貴族たちが次々と挨拶に現れる。

「陛下は、今宵《こよい》はどうなさったのです？」

——とうとう、見捨てられたのですか？

「伯爵は、いつも身につけている紅玉をされていないのですね。真珠も素敵ですが」

——皇帝の色を身につけるわけにはいかない理由が？

「ランベール商会の夜会においでとは驚きました。ランベール家はラオ家の分家ですので」

——皇帝の寵《ちょう》を失ったと見るや、すぐにラオ家に尻尾《しっぽ》を振るとは……。

などなど。

カノンに婉曲《えんきょく》的な嫌味をぶつけ、何かしらの反応を引き出そうと観客たちは必死だ。

ランベール子爵家はラオ家の分家だから、今宵の客はカノンにいい感情を持っていない人間の方が多いだろう。部屋の隅にいたセネカ・ラオが、キシュケ・ランベールに促されてこちらを見る。近づいてくる頃合いかと思ったのでカノンは隣で、令嬢たちに花のような笑顔を振りまいているロシェ・クルガに目配せした。

それから、思わず、といった調子でグラスを取り落とす。

「キャッ……！」

カノンは慌ててガラスを拾い、尖《とが》った切先で指を切った。ぷくりと血の珠《たま》が浮く。

「カノン様、大丈夫ですか?」

「痛いわ、ロシェ。治癒してくれる?」

「もちろんです、カノン様。さぞや痛むでしょう」

せいぜい哀れな声を出して神官に指を差し出すとたちまちに傷は癒《い》える。

周囲からは感嘆の声があがり、幾人かの令嬢からは嫉妬《しっと》の視線が向けられた。

「……ロシエ・クルガ神官が治癒の力を持つのは真実だったのですね、てっきり誇張されたものだとばかり」

皮肉げな男の声に人垣が割れる。

「ラオ小侯爵」

セネカ・ラオの登場に、皆、一様に頭を下げた。小馬鹿にした表情でカノンを眺めた見事な赤い髪のセネカ・ラオは少し酔っているらしい。目元が赤い。

「てっきり、神官の美貌に惚《ほ》れ込んで連れ回していらっしゃるのかと」

カノンは眉を吊《つ》り上げた。

「失礼なことをおっしゃるのね!?」

「そんなかすり傷、誰でも治癒できるのでは?」

セネカの煽《あお》るような口調にカノンは首を振った。足元に散らばっていた破片を摘まむ。

「ロシェの治癒力は本物だわ」

躊躇《ためら》いなく腕の内側をまっすぐに引くと、周囲の貴族たちがのけぞった。頭のおかしい女だと思われたかもしれないが、仕方がない。

ざっくりと切れた腕を慌ててロシェ・クルガが掴んで、これもすぐに癒《いや》してしまう。

貴族たちから今度こそ、どよめきが漏れた。本来は、このように見せ物にするべきではないが。

「カノン様、無茶をなされぬように」

「ありがとう、ロシェ……でも、あなたは神に愛された異能を持った人ですもの。それを証明したかったのよ」

カノンは若干、カノンの奇行に引き気味のセネカ・ラオを見上げた。

「セネカ様も試してみればよろしいわ。どんな傷もたちまちにロシェ・クルガ神官は治癒してくださいますもの。……ああ、痛みがお嫌いならば、無理にとは申しませんけれど」

人々の好奇の目がセネカ・ラオに向かう。

青年はうっ、と言葉に詰まったが、やはり居並ぶ貴族の期待に背ける性分ではないのだろう。

腰から短剣を引き抜いた。短剣の刀身は美しく、黒い。

貴族が好む、高価な魔石、黒鉱石で作られたものだろう。

「黒鉱石を持ったからといって剣が上達するわけでもなし……腕がない人間が持っていても

さほど意味はないのです。切れ味は鋭いですけどね」

カノンは国一番の剣士と名高いシュートの言葉を思い出す。セネカ・ラオが剣術に優れているとは聞いたことがない。だが、彼は見栄《みえ》をはりたい人なのだ。

彼は剣を抜くとこれみよがしに掌《てのひら》に突き立てた。切れ味が良すぎるせいで、ボタボタと血が滴る。

痛いのか、セネカ・ラオが顔を歪《ゆが》めた。

「……治癒してみせていただこうか、神官殿！　手品ではなく、あなたが女以外も癒せるならば」

ロシエ・クルガが「魔力が切れたって言っていいですか？」とボソリと聞いてくるのを「ダメ！」と小声で叱責《しっせき》してカノンは促す。

神官は恭しく……と見せかけて実にゆっくりとした動作でセネカ・ラオの手を取り、彼の額に浮かぶ脂汗の数を充分数えてから、手を掴むと傷がよく見えるように手にした手巾で血を拭き取ってから、掌の傷を癒した。

見る間に傷が癒えていく。自分が対象になったのではさすがに手品とも罵《のの》りづらいのだろう、ふん、とセネカは小さく鼻を鳴らした。

「――ロシエ・クルガが少し疲れたようです。別室で休んでも？」

カノンが、いつの間にかセネカ・ラオの後ろにいたキシュケに尋ねる。存在感なく背後にいたキシュケに、セネカは思わず飛びのいた。

「キシュケ！　いきなり現れるな。声をかけろっ！」

「申し訳もございません。小侯爵」

「……全く、いつも気味が悪いな」

――夜会のホストに散々な言い草だが、いつものことなのか気にする様子もなくキシュケはカノンたちを別室に案内した。

「魔術書は？」

「ここに」

キシュケにあらかじめ預けていた魔術書の上で、ロシェ・クルガがどさくさに紛れてセネカの血を保管していた小さな小瓶の蓋を開ける。

――ほんの数滴。血が魔術書に滴る。キシュケがつい先日したのと同じように。

本は淡く光り、ページが開いて、ラオ家の初代を名乗る青年、ギラフ・ラオが現れた。

だが……。

暗い赤髪をした騎士はゆらりと現れて茫洋《ぼうよう》とした目で首を振った。

（……血族よ。これは、我が子孫のために作った本。――子孫以外には開けない）

それだけ言い残すと、シュン、と消えてしまう。

「どういうことでしょうか」

ロシェ・クルガが首を捻る。カノンもそれに倣った。

「……キシュケは、子孫だけれど、セネカ・ラオは違うということ、なのでしょうね？ ……血族だと言ってはいたけれど」

キシュケも首を捻っている。

「……確かめたいことはわかったわ。キシュケもロシェ・クルガも協力してくれてありがとう。ごめんね。異能を見世物にするような真似《まね》をして」

にこにことロシェ・クルガは微笑んだ。

「カノン様のご命令であれば、いつでも披露いたします。しかしよかったのですか？ また無責任な噂が立ちます――陛下に袖にされた寂しさを卑しい神官で埋める伯爵、などとね」

カノンは苦笑した。

キシュケが気を利かせて「飲み物を持ってまいります」と席を外す。

「――皇女殿下が誕生日の差配をラオ侯爵家のミアシャ様に任せたとか？」

皇女ヴァレリアは公式にミアシャの後見になると宣言したに等しい。そして、ミアシャはその準備のために領地に一時的に戻っている。

「そうみたいね」

「本当のところはどうなのです？」

カノンはつい目を逸らした。窓ガラスに寂しげな貴婦人が映る。精一杯寂しげにして！ とラウルにリクエストしたのは自分なのだが、見事に「傷心」または「未亡人風」のカノン・エッカルトがいる。なんとも頼りなさげだ。

「私に陛下の心はわからないわ。でもミアシャが皇妃になる日も近いかも」

湿っぽい声になってしまったのを振り払うように顔を上げる。

「一緒に栄華を極めようとしてくれたのに。ごめんね。ロシェ。私、出世はしないかも」

お道化《どけ》て言うと、ロシェ・クルガはがっかりです、と泣き真似をしてみせた。

「……出世はしないのに、会ったばかりの東部の商人の困り事を解決するために、引いては皇太后様の不調の手掛かりを探すために奔走していらっしゃる？」

「それは行きがかり上……。それに、商人と仲良くなるのはいいことだわ。生きていくのはお金がかかるから」

ロシェ・クルガは肩を竦めた。

「お人よしだなあ。聞くところによると──確かに、ミアシャ様はここのところ頻繁に、陛下の部屋を訪問なさって二人で何時間も話し込んでいらっしゃったとか？　陛下も隅におけないな。カノン様という方がいらっしゃるのに浮気とは」

「浮気というか……」

カノンは言い淀《よど》み……、首を振った。

「あるべき場所にようやく収まったというか。──私は愚かだわ。──皇宮の居心地がよくて。

いつまでも、このままでここにいられると思っていたの」

「このままとは？」

「ルカ様の側にいて。ラウルやジェジェが側にいて……ミアシャが遊びに来てくれて……」

言いながらカノンは気づいた。

ルーカスが、誰かを好きになって皇妃に迎えるとしても、ミアシャでない方がよかった。

だって、私はミアシャだったから嫌いになんか、なれない。

相手がミアシャだったから余計につらいのだ。好きな人と初めてできた友達を一気に失ったような気分で。

――寂しい。

小さな子供のような、自分の身勝手さに恥じ入る心地だ。

「一人でいるのが好きなのも嘘じゃないけれど、寂しがり屋みたい」

カノンが言うと、ロシエ・クルガが可愛らしく目配せをしてくれた。

「そう気落ちなさらず。私という出世街道まっしぐらの心強い友がいるではありませんか！」

「……淑女相手なら誰にでもいい顔をする人とは友達になれないわ」

「仕方ないな。私だけではご不満なら我が弟妹もつけますよ。足りないのであれば弟妹の義父のジェジェ様も添えて」

ややこしい関係をもったいぶって言うのでカノンはぷっと吹きだした。でも、四人と一匹で騒ぐのはなんだか楽しそうだ。

「ありがとう、ロシェ。慰めてくれて。ノアとセシリアとも今度一緒に遊んでね」

「もちろんです。さて、用が済んだなら旅支度に戻りますか？」

「そうね」

ロシェ・クルガも忙しい業務の合間を縫ってガゼノアまで同行してくれることになっている。

「せっかく夜会に来たのですもの。飲み物でももらってくる。ここで待っていて」

——カノンはロシェ・クルガを置いて部屋を出た。

歓談する人々の視線を避けながら壁際の給仕のところに行って飲み物を待ちながら広間の人々を眺める。カノンのことを窺《うかが》う者もいないではないが多くは楽しげに談笑している。

……ほんの数年前まで、思いもしなかったところにいるなと思う。部屋に引きこもっているだけでは味わえなかった得難い経験をした。

「なんだか不思議ね」

「——不思議なのはあなただな。——ラオ家の分家の当主たるキシュケ・ランベールとどこで親しくなったのですか？　あいつは人間嫌いなのに」

振り返ると黒髪の背の高い男性が少し離れたところで笑っていた。黒衣の男性はカノンに実に親しげに微笑みかけてくる。

「……どなたですか？」

「さて……」

男が笑うと目の上にある傷がまるで生き物のように動く。ゆったりとした動きなのに男にはやけに圧がある。

カノンは警戒しつつ、一歩後ろに下がった。

「そう構えずに、司書姫。——先日も思ったがあなたは無防備だし、迂闊《うかつ》だなあ」

「……あなた……！」

騎士のような体躯、整った、だがどこか険のある顔立ち……。

思い出した。

「私に嘘を教えた……！」

いつかの皇宮での祭の後に、カノンに声をかけ、別の道を教えた男性だ。——危うく近衛騎士の前で大恥をかくところだった。

男の台詞《セリフ》からすると恥をかかせようとしていたのだろう。

男はくすくすと笑い「覚えていてくださって嬉しいな」と肩を竦めた。立ち去ろうとするカノンの進路をふさいで、男は微笑みかける。カノンは無言で立ち止まった。ここにはセネカ・ラオもいる。あまり目立ちたくない。

「逃げずともいいではないですか、カノン・エッカルト」

「大声で叫んで人を呼びますよ。不審者がいるって」

「誰かを呼ぶのは賢い選択とはいえないな。あなたの手助けをしたいと思っているのに」

「手助け？」

「そうです。あなたの母上と友人だった者として」

　カノンは男をまじまじと見つめた。

「嘘つきですね。……この前は、母をよく知らないと言っていたじゃないですか」

「私のような者が友人だったと言っても、司書姫は信じてくださらないかと思って。――ひょっとしたら皇太后陛下は私を覚えているかもしれませんね。今度、聞いてみてください」

　男は笑って窓辺を指さした。

「あそこにあるような窓辺で、座って本を読むのがイレーネのお気に入りでした」

　ジェジェが教えてくれたことと、同じだ。

　彼が母と知り合いだったというのは嘘ではないのかもしれない。怪しみながらも少しだけ警戒を解いたカノンに男は微笑み、「はい」とカノンの眼前に手を差し出した。

　反射的に手を広げるとぽとり、と何か黒い塊を渡される。

「――東部の伝承について調べていたでしょう――？」

「これは？」

「東部の特産品です。これがどこでとれたものか、探すといい。面白い言い伝えを聞くことができますよ」

宝石のように光沢のあるそれは、夜のわずかな光の中でも光っている。

「……綺麗ね」

光を弾く様子はオニキスのようにも見える。どうしてそんなものを、とカノンが再び顔を上げた時。彼はもう、離れたところにいてカノンには見向きもしない――。

「何なの……？　あの人」

怪しい男にもらった石など捨てた方がいいのだろうが、母を知っているようだったのが妙に気になる。

困惑しつつもカノンは石をしまった。

◆◆◆

――出立の日。待ち合わせ場所の「駅」にキシュケ・ランベールとロシエ・クルガはカノンよりも先に着いていた。

一人で現れたカノンに、キシュケは眉をしかめた。

「念のためにお聞きしますが。まさか一人ではいらしたりしませんよね？」

「さすがにそれは。東部への旅行の許可をいただいた時に護衛も頼みました。シュート卿の知人のラティカ卿という方が護衛についてくださるということだったのですが」

騎乗するドラゴンも貸してくれるという。

本当はラウルについて来てほしかったのだが、ラウルは任務でどうしても付き添いができない、とのことだった。

「そろそろ来られる頃かと」

カノンが首を傾げていると駅にシュートが姿を現した。

シュートはカノンを見つけると実に真面目な、なぜか憔悴《しょうすい》しきった顔で深々と頭を下げた。

「シュート卿！　わざわざいらっしゃらなくてもよかったのに」

「どうか……、皆様ご無事に帰ってこられてくださいね。無茶はなさらないように」

縋《すが》るような目線を向けられてカノンは戸惑った。

そんなに心配されるような旅程ではないと思うのだが。

「それでラティカ卿はどちらに……？」

「あそこでしょうか。ドラゴンを曳《ひ》いてきている方が……」

ロシエ・クルガとキシュケが同じ方向を向き、二人して同じ形で固まった。

カノンもつられてそちらを向き、――同じように固まる。

「これで皆、そろったな？」

黒髪に赤い瞳の青年は三人の驚いた表情に軽く笑った。

彼の肩にしがみついていた白い猫が滑り落ちて、にゃんっとカノンに飛びつく。

「カノンってば東に行くんだって？　僕も一緒に行ってあげるぅ！　ドラゴンなんかより僕のがふかふかで座り心地がいいんだからね。僕に乗ってね。あっ。そこの馬鹿はおまけね、おまけ」

「誰がおまけだ、この毛玉」

カノンとキシュケ、それからロシェ・クルガがどういうことだ、と近衛騎士にして皇帝の側近たるシュート・ヴィステリオンを食い入るように見つめる。

彼は三人の視線から微妙に逃げると己の背後でドラゴンの手綱を持ってにこにことしている主を両手で示した。

「どうぞ、皆様お気をつけて行ってらっしゃいませ。――こちらがカノン様の護衛をする。ルーカス・ラティカ卿でございます」

いちはやく衝撃から立ち直ったロシェ・クルガがぽんっと手を打った。

「そういえば、陛下の洗礼名はラティカでしたね」

「と、いうわけだ。妙な取り合わせだが。これはこれで面白い。――東部旅行に行くか」

――ルーカス・ラティカ・オルド・イルゲネス。

トゥーラン皇国の若き皇帝はにやりと笑って一行を見渡した。

★第四章　東部旅行

皇都から東部のランベールの領地まで、馬で行くなら半月以上かかる。

だがドラゴンならば三日でたどりつく。

本人曰《いわ》く「ドラゴンより僕の方が速いし、乗り心地いいし、可愛いんだもんっ！」という猫のジェジェも同じくらいの速度らしい。

黒髪に姿を変えたとはいえ彼が誰《だれ》かなんて一目でわかる。カノンは悲鳴をあげ、カノンの背後で青い顔でキシュケが倒れた。ロシェ・クルガはにこにこと笑っている。

「どうしてルカ様がここにいるんですか！」

「護衛騎士として、に決まっている。姫君一人で東部に行かせるのは不安だしな」

「先に来ると告げてくれたらよかったのでは？」

至極まっとうな疑問は「最初から俺《おれ》が来ると伝えてあっただろう」としれっと返された。

カノンの持っていた許可証を取り上げると「ここを見ろ」と示された。

護衛としてラティカの名がある。

「……詐欺《さぎ》では？」

「隠してはいなかったぞ。俺の洗礼名に気づかなかった――カノン・エッカルトが悪い」

そんなわけがあるか！　とカノンは目を吊《つ》り上げた。

ラティカという洗礼名はごく一般的だ。まさかルーカスが来るとは思いもしない。背後で衝撃から立ち直ったキシュケがふらっと立ち上がり、おずおずと、手を挙げた。

「あ、あのぉ……陛……じゃない、ら、ラティカ卿」

「ルカでいい。色々と名前があっては面倒だ」

「ではルカ卿。いかに伯爵の護衛といえども、さすがにあなた様が皇都を離れるのは、よくないのではっ！　今回の旅行は中止にしましょうっ……」

「気遣わずともよい。――皇太后《こうたいごう》を害した疑いのある容疑者が皇都を離れるのが不安だし、俺も東部に行きたい理由があるしな」

「……害しておりませんし、気遣ってないですぅ……」

キシュケが呻《うめ》いた。

「シュート卿も止めなくてよろしいのですか！　せめてルカ卿の安全のために、あなたが護衛として同行すべきでは!?」

もっともな指摘にシュートは無言で首を振る。その額には大きく諦念《ていねん》、と書いてある。すでに、――さんざん止めた後なのだろう。

「シュートが俺についてくると、俺の不在がばれるからな。シュート、あとは任せた。キリアンとうまくやれ」

「…………御意」

ひぃぃ、とキシュケが震えている。

「ルカ卿がお忍びで東部に行って、もしも何かあったらどうするんですか……」

「滅多なことはない。まあ俺に何かあっても卿の首が飛ぶくらいだ、安心しろ」

「くらいって」

「生きるべきか死ぬべきか、とずいぶん感傷的に悩んでいただろう？　ちょうどいい運試しではないか。俺に何かあったら仕方ない、大人《おとな》しく処刑されろ。俺が無事に戻ったら天命だと諦《あきら》めて——生きるのだな」

この皮肉にはキシュケは絶句し、ロシエ・クルガは「確かに」と朗らかに同意した。

「お忍びへの同行なんて滅多に経験できませんし。人数が多い方が楽しいでしょう？　ね？」

全然楽しくなりそうにないし、皇帝がここにいる理由に全く納得がいかないが——、カノンの困惑などルーカスはお構いなしだ。ルーカスは大きくなったジェジェに騎乗して早く乗れとカノンに手を差し出す。

カノンはとりあえずジェジェに騎乗した。

聞きたいことは色々あるのだが、カノンも混乱している。「旅行だっ！　旅行ぉ～」と浮かれるジェジェに騎乗して——あっというまに初日の宿泊予定の宿に到着した。

ジェジエにルーカスとカノンが、キシュケとロシェ・クルガがドラゴンにそれぞれ騎乗する予定だったのだが、キシュケは気性の荒いドラゴンに振り回されて埒《らち》があかないのでロシェ・クルガが仕方なく自分と同乗させ一頭は皇宮へ帰らせた。

宿に到着し受付をすませるとランベール商会の運営する宿に、一行は丁重に迎えられた。

キシュケは、ふらつきながら口元を押さえている。

「……酔ったので少し、失礼……」

「それは大変だ。体が弱すぎじゃないですか？　キシュケ殿」

「あなたのドラゴンの操縦がっ！　荒いんですよっ……神官殿っ！」

「ええっ？　ドラゴンも喜んでいましたよ、たぶん。軟弱な方だなあ……」

意外にも仲が良さそうな二人だ。厩舎《きゅうしゃ》にドラゴンをつなぎにいった二人を見送って、カノンはくるりと振り返るとルーカスを見た。

こちらはジェジエを膝《ひざ》にのせて、ソファに寛《くつろ》いでいる。

こちらも何だかんだと仲が良さそうだ。

「疲れたな」

「ハァ？　疲れる要素どこにあった？　おまえカノンと一緒に僕に乗っていただけじゃーん。ひ弱すぎなーい？」

「黙れ、毛玉」

カノンはジェジェを取り上げてルーカスに向き合う。

「疲れた、じゃありませんっ……どうしてルカ様が東部に一緒に来るんですか」

カノンが半眼で問うと皇帝はしれっと答えた。

「言っただろう、護衛だと」

「そのあとに付け加えていましたよね？　俺も東部に行きたい理由がある、と。それはなんですか」

「俺の言葉をよく聞いているな、姫君」

「茶化さないで。あまりに自由すぎではないですか、ルカ様」

「姫君にも好きにしろと言った。俺もやりたいようにする、とな」

ルーカスの言い草になんだかむっとしてしまった。こちらがどんな思いで皇都を離れようと思ったのか、それなのに本人は涼しい顔で目の前にいるのだから腹が立つ。

……全部、カノンの勝手な思いではあるが。

「東部に来たのは――カノンと同じ目的だ」

カノンの質問には答えてくれるらしい。

「同じ……？」

カノンは目をぱちくりとさせた。

「魔術書の古代語を解読するために東部に向かうと申請書に書いていたな。魔術書と同じ文字を、キシュケ・ランベールが見たことがある、と？」

「はい。ラオ侯爵邸の書庫で見た、と」

ラオ侯爵の東部の別邸に併設された教会や書庫は広く領民に開放されている。キシュケは、その閉架でカノンが持っていた魔術書と同じものを見たと言うのだ。

「俺も東部にいるラオ侯爵に用事がある」

カノンは首を傾《かし》げた。

「ラオ侯爵はご病気で領地にいると聞きました。ミアシャが父君に会いに戻る、とつい先日挨《あい》拶《さつ》に来ました――侯爵は領地にいるのでは？」

「いいや、いない。人を送って調べさせたからな。ミアシャ・ラオも他《ほか》の家族も数か月前からラオ侯爵に会えていないと言っていた。居場所を知るのは兄のセネカだけだ、と」

「セネカだけ……？」

「ラオ侯爵が議会に顔を出さなくなったのは四か月ほど前。ラオ侯爵は重篤《じゅうとく》な病で領地から出られないとセネカは言っている。だがミアシャ・ラオが送った手紙も戻ってこない。皇宮の特使の見舞いも受けていない。会える状態ではないからと丁重に断りを入れられる」

「四か月前……、ちょうど中毒症状が出始めた頃《ころ》ですね？」

ルーカスは頷《うなず》いた。

「議会の誰もが不審に感じてはいるが、口に出さないだけの簡単な仮説だ。――侯爵は人前に出られない重篤な病……もしくは中毒症状を発症していて議会に出席できない」

ルーカスは言葉を切った。

「たとえば皮膚が青いとかな」

「ならば治癒《ちゆ》できるのでは？　キシュケが領民に施した治療を、侯爵も受ければ快癒《かいゆ》……」

言いながらカノンは皇宮で会ったミアシャの兄を思い出していた。容姿はともかく傲岸不遜《ごうがんふそん》で妹のミアシャとは似ても似つかぬ陰気な兄。

彼の評判は思わしくない。

「……セネカ・ラオは父君に回復してもらいたくないのでしょうか？」

かもな、とルーカスは足を組みなおした。

「セネカは父親と折り合いが悪い。跡継ぎには弟を推す声もあり、ラオ侯爵も乗り気だ……という話がまことしやかに囁《ささや》かれはじめた頃、侯爵が倒れた」

だとすれば父親が病床に臥《ふ》したままなのはセネカにとってはさぞやありがたいことだろう。

だから治療可能であってもそうせず、放置している。

「……侯爵を探すのはミアシャのためですか？」

カノンが聞くと、うん？　とルーカスは視線をカノンに向けた。

「まあ、今回は俺とミアシャ・ラオの利害は一致している」

「利害？」

「俺はセネカが議会にいては色々と面倒だ。ラオ侯爵にもいつまでも安穏《あんのん》と寝ていてもらっては困る。ミアシャ・ラオも父に復帰してほしい」

ルーカスは淡々と二人の利害の一致を並べる。

「セネカ・ラオを拘束《こうそく》して事の次第を説明させて……。父親を引きずり出してもいいが、正攻法では時間がかかりすぎる」

「だから皇帝自ら行こうと思ったのですか？　無茶がすぎます」

「なんのためにこの半月ほどキリアンと執務室に籠《こも》って書類に追われたと思っている？　――自由に動くためだ。キリアンとシュートに脅された皇帝は、憐《あわ》れにも机に縫い付けられていると数日は思ってくれるだろう。キリアンはともかくシュート不在で俺が皇都を離れることは……今まではなかったからな」

それでシュートは皇都に残っているわけか。

「旅の間、ルカ様に何かあったらどうするおつもりですか」

「それは、そっくり姫君に返そうか、カノン・エッカルト。俺が目を離したところで何かあったらどうする？　俺以外と旅行に行くとは、どうかしているのでは？」

「護衛を頼みましたし、書面ですが事前に相談しましたし、止めなかったじゃないですか？」

「今までの経験上、止めてもどうせ勝手に行くだろうからな？　ついてきた」

「……なっ……」

「俺が何を言っても結局は俺の意見を無視して突っ走るだろう。そもそも、しばらく皇宮で大人しくすると言っていなかったか？」

「……それは」

カノンは視線を逸《そ》らした。

色々と理由はあるが説明するのが難しい。しかし、そもそも……

「──契約違反ではないはずです。別に、勝手に旅行に行くなと契約書には書いていませんでした。私がどこに行こうとルカ様には関係は無いはずです」

つい憎まれ口を叩《たた》くとルーカスは、ほほお、と目を細めた。

「俺の気持ちはどうなる？　俺と一緒に旅行をしたこともないのに」

幾分、むっとした表情のルーカスに、カノンの語気も荒くなる。

「そういう思わせぶりなことを言うから！　私が戸惑うんじゃないですかっ！」

「思わせぶり？」

「知りません！　ミアシャを皇妃に迎えるなら、どの道、契約は終了ではないですか！　わざわざ！　今更！　私の心配なんてルカ様がする必要もないでしょうっ！」

きっとカノンがルーカスを見ると、トゥーラン皇国のいと高き地位にある皇帝は……、ぽかんとしていた。

目が点、という体《てい》でカノンを見ている。

「俺が？　ミアシャ・ラオを皇妃に？　どこの情報だ、それは」

「え？」

カノンも首を傾げた。

「だって、……セネカ・ラオが……そう……」

カノンの言葉に、ははあとルーカスが頷いた。

「やっぱり殺すか、あの男……。どうしてあれの言葉を信じる？　どう考えても法螺《ほら》だ」

カノンは反論した。

「二人で深刻な顔で話をしていたではないですか。ミアシャの望みを叶《かな》えると」

皆の目を盗むようにして、ミアシャはルーカスに忠誠を誓っていた。

「――いつの……ああ、あれか」

思い出したらしいルーカスは「はああ」とため息をついた。

「……違うのですか？」

「俺はカノン・エッカルトに求婚しているし、裏切ったりはしない。そもそも……ミアシャ・ラオの望みは……。いや、やめた」

何かを口にしかけたルーカスは、しかしながら慎《つつ》ましく口を噤《つぐ》んだ。

「……なぜ、途中でやめるんですか」

「言いたくない」

ぷいっと子供じみた動作で横を向かれて、は？　とカノンが声に険を込めるとルーカスはふん、と鼻を鳴らした。

「俺の言葉よりセネカ・ラオの戯言《ざれごと》を信じるらしいからな。言わない」

「……言ってくれなきゃ、わかりませんっ。私も勝手に動くかもしれないですけど、ルカ様は、いつも何も言ってくれないじゃないですか。少しも信用してくれないっ」

カノンが再び目を吊り上げたところで、ジェジェが「にゃー」とカノンの腕の中で鳴いた。ぷんす、と鼻を鳴らす。

「あのさー、痴話喧嘩《げんか》を僕の前でやんないでくれる？　二人も困っていますけどぉ」

カノンがばっとルーカスから離れると、にこにこと微笑《ほほえ》んでいるロシェ・クルガと非常に居心地の悪そうなキシュケがいた。

「……そろそろ、就寝しようかとぉ……」

恐るおそるキシュケが切り出す。

「貴賓室をルカ様と伯爵で、こちらの部屋は私とロシェ・クルガが使う手はずなのですが」

ルーカスはふむ、とカノンを見上げた。

「だ、そうだ。一時休戦で向こうの部屋で一緒に休むか？」

しれっと提案され、カノンのこめかみに青筋が走る。クッションを掴《つか》むと、ぼふっとルーカスの顔にぶつけた。

「嫌です！　ルカ様なんか、大っ嫌い！」

「ははっ、その台詞《セリフ》は久々に聞いたな。懐かしい」

「懐かしがらないでくださいっ！　私はジェジェと寝ますっ！　さ、行こう。ジェジェ」

「ふにゃーん。そうしよー、そうしよー」

くるりとカノンが踵《きびす》を返し、バタンと大きな音を立てて扉が閉められる。

男三人が部屋に残された。

投げつけられたクッションを掴んでルーカスがロシエ・クルガにほうり投げる。

「姫君に振られてしまった。——仕方ない。狭いが、ここで寝るか」

幸いベッドは四つあるが、キシュケは顔を引き攣《つ》らせた。

「へ、陛下と同じ部屋で寝起きするなど、恐れ多いことです。もう一部屋、準備を……」

「構わん、今更移動するのも面倒だ」

「私が安眠できないのですが……」

泣き言は無視され、ロシエ・クルガが苦笑して二人を促した。

「カノン様もお疲れでしょうし。ゆっくり休んでいただきましょう。我々も寝支度を」


その夜、一行はキシュケ以外はぐっすりと休み、予定通り三日の行程でガゼノアに到着した。

春も近く、町の大通りには市がたっていて、どこも活気に満ちている。

「いい街ですね。皆さん楽しそう」

カノンが素直に褒めるとキシュケはほんの少し顔をほころばせた。

「東部の人間は基本的に穏やかだと言われています。皇国で一番気候が安定していますし交易も盛んで穀倉地帯からは作物もよく穫れる……」

暮らしが豊かだと住民の気質も落ち着くらしい。

「まずは我が家にご案内いたします」

案内されるままランベール家に到着する。

広間で寛ぎながらもいつも以上に青い顔をしていたキシュケにカノンは声をかけた。

「キシュケ、顔色が悪いけれど大丈夫？」

「家に戻ってきたらどっと疲れが……。寝不足とドラゴン酔いです。胃が虚弱なので……」

操縦が荒いんですよ、とキシュケに指さされたロシェ・クルガはすっかり寛いでルーカスと共に注《つ》がれた紅茶を涼しい顔で口元に運んでいる。

「神経が図太い見本みたいな二人だものね」

カノンは妙に納得した。

ジェジエが言うところの「痴話喧嘩」をした後もルーカスが平然としているので、とりあえずカノンは怒るのをやめた。

今、怒っていても仕方がない。

喧嘩をするのは後でいい。まずは東部に来た目的を果たさないといけない。

その日はランベール家に宿泊し、翌日カノンたちは疫病に罹患《りかん》した人々の収容された病院へと足を向けた。ほとんどの人間が今は退院して、ここにいるのは現在、十数人ほどだという。

姿を現したキシュケを彼らは歓待した。

「お具合はどうですか」

患者の壮年女性に声をかけると彼女は痩《や》せた手でキシュケの手を握り、それでも元気そうに微笑む。

「ランベール様！　ええ！　ええ！　すっかり回復しました」

「いつの間にお帰りになっているのですか」

「子爵様のおかげで、家族全員が元気に……」

次々と患者たちが寄ってくる。解毒薬を入手し、その後の入院の手配まですべて請け負ってくれている「恩人」に彼らの目は温かい。ロシェ・クルガの頭に帽子のように覆いかぶさりながら、ジェジェはなぜだか不快げににゃーん、にゃん、と鳴いて患者たちから距離をとった。

「大人気ですね」

カノンは感心したが、キシュケは病人たちの目がないところに移動して肩を落とした。

「皆が元気なのは、ここにいる時だけです。退院しても『薬』がないとすぐに同じ状態に戻ってしまう。……薬を飲まずに症状が悪化して、ここに戻ってくる人も多いのです……僕が彼らに無断で血を与えたせいで、……彼らは一生血を飲まないと生きていけない」

「無断で薬物中毒にしたようなものですね」

ロシェ・クルガの辛辣《しんらつ》な指摘に、キシュケは沈痛な面持《おもも》ちで呟《つぶや》いた。

「……神官の指摘の通りです」

ロシェ・クルガは肩を竦《すく》めた。

「そこまで気に病まずとも。正直に伝えてはどうです？　皇都に行けば別の意味で人の血を啜《すす》るのが趣味みたいな人間なんていくらでもいます。――死ぬよりましでしょう」

ロシェ・クルガの軽口に、ルーカスは目を細めた。

「そう簡単な問題でもないだろう。ランベール家にかかっていた呪いと同じ症状が、こうも広範囲に広がったのではな。呪いであればどうする？　――住民たちの症状がランベール家と同じく親から子に受け継がれるのであれば……」

それは、あまりしたくない想像だ。

「侯爵邸に行く前に、カノン・エッカルトが調べていた魔術書を見たいが」

「こちらでございますか？」

キシュケが魔術書を荷物から差し出す。ロシェ・クルガも興味深そうに眺めた。

「キシュケの血で反応したと？」

「はい、ラオ家の初代侯爵を名乗る男が内容を解説してくれました」

ルーカスは躊躇《ためら》いなく己の指を己の魔力で切って魔術書の上に落とす。

魔術書は一瞬光を放ったが血液は瞬く間に蒸発してしまい、反応しない。

「なるほど。俺の血では反応しない」

カノンはルーカスに尋ねた。

「ルカ様。皇家とラオ家との血のつながりは……？」

「ほぼない。ここ百年ほど皇家の直系と婚姻が成立した侯爵家はヴィステリオンとハイリケだけだ。――あとは一族内での婚姻か外国からの輿入《こしい》れだな」

ほらと差し出されたルーカスの手を、ロシェ・クルガが当たり前のように癒《いや》す。

促されてキシュケが「痛いのは苦手なのですが……」とぼやきながら血を垂らす。

魔術書は光を放ってタイトルを浮き上がらせた。

映像が流れる前にカノンは魔術書を閉じ、ルーカスの反応を窺《うかが》った。

「キシュケ卿の血に初代ラオ侯爵、ギラフ・ラオは反応して『我が子孫』と呼ぶ、と？」

「セネカ・ラオの血には反応しませんでした。血族と呼んではいましたが」

カノンが告げると、ルーカスは実に面白そうに口を歪《ゆが》めた。

「血族ではあるが、子孫ではない、か……。それはそうと、ラオ侯爵に会う口実ができたな。

――貴重な魔術書を解読するために協力してほしい、と。別邸まで会いに行くか」

キシュケが恐るおそるといった感じで口を挟む。

「ラオ家の別邸には私が行けば招き入れてもらえると思います。しかし、侯爵がいるとは限らないのでは？」

「別邸にはいないかもしれないな。だが、ガゼノアにはいるはずだ」

ルーカスの声は確信に満ちている。

「ミアシャ・ラオが言っていた。セネカ・ラオはこの数か月領地に戻るといって西に戻らず、ガゼノアにばかり行っていると」

父の様子を見に行っていたということか。

「セネカ・ラオが父親を隠しているのだとしたら。ラオ侯爵が別邸にいたとしても、なおさら会わせてはもらえないのでは？　もし別邸にいたとして無理やり侯爵を救い出したら、こちらが捕らえられるのではないですか？」

キシュケの心配にルーカスはにこり、と微笑んだ。

「俺を？　誰が捕らえると？」

ルーカス以外の三人は、そろって沈黙した。

「愚問でした、ルカ卿」

ロシェ・クルガは肩を竦めた。

ジェジェが人間たちの会議を聞きながらふんふんと頷き、尻尾《しっぽ》でぺしん、ぺしんと床を叩く。

ランベール家の使用人たちに可愛い可愛いと褒められ、山盛りで美食をもらったので、ジェジェは朝からずっとご機嫌である。

「ラオのおじさんを探して、君たちは忙しくなるわけね？　まあ、頑張ってよ。無事に会えたらいいねえ！」

「何を言う、霊獣様」

「ふにゃ」

首根っこを掴まれて、ジェジェが脚をばたばたとさせる。

「お前も行くに決まっているだろう。——我ら一族とお前は運命を共にする約束だ。役に立ってもらわねば。ラオ侯爵には何度も会ったことがあるな？　彼を探せ」

「えーっ、ヤダヤダっ！　ジェジェ様はのんびりモフモフされて人間共に甘やかされたいっ！」

そういえば、ジェジェは人の気配をたどるのが得意だった。

「ただ飯喰《ぐ》らいは許さぬ」

ルーカスがジェジェを睨《にら》む。——我が家の食事なのですが、とキシュケがボソッと呟いたが霊獣と同じくただ飯喰らいをしている皇帝は黙殺した。どうみても猫を虐《いじ》める大人げない成人男性の図だわ、と思いながらカノンはルーカスからジェジェを取り上げた。

「とりあえず、別邸に挨拶に行きましょうか」

ここでこうしていても仕方がない。カノンの提案に全員が同意した。

「せっかくご挨拶に来ていただきましたが、侯爵家の皆さまはご不在でございます」

キシュケが「ガゼノアに戻ってきたからその挨拶をしにきた」と告げると、侯爵家のガゼノア地方での家宰《かさい》は申し訳なさそうに頭を下げた。

嘘《うそ》をついている風ではない。――演技だとしたらたいそう上手《じょうず》だ。

「実は、こちらのご令嬢は僕が皇都でお世話になった伯爵家の方とそのご友人たちで……」

キシュケは嘘ではないが真実でもない説明でカノンたちを紹介し、魔術書を机の上に広げた。

「魔術書を研究されている方なのですが、これと同じ本が確か書庫になかったか、と。僕の記憶では見たことがあるような……」

「確かに、私も見覚えがございますね……」

家宰は考え込んだ。キシュケがいるからか、探してまいりましょう、と請け負ってくれる。

「もう一つ、厚かましいお願いなのですが」

「なんなりとお申し付けください。お嬢さま」

「初代ラオ侯爵の伝承を調べているのです。ギラフ・ラオ様がご家族と一緒に描かれた肖像画《しょうぞう》があれば、見せていただけないでしょうか？」

しばしお待ちくださいと言われて客間で待つ間、カノンはジェジェに尋ねた。

「ラオ侯爵の気配はする？」

「……いないねえ。あのおじさん気配が派手だから屋敷にいたらわかるんだけど」

ジェジェがひげをひくひくとさせた。

「……なあんかさあ、ロシェくん」

ジェジェが神官に水を向ける。

「この街ってご飯も美味《おい》しくて、僕もモテモテで、気候も最高なんだけど、なーんか嫌な気配しない？」

「いたしますね」

「街全体が、なんっか、暗いんだよなあ……病院でも思ったけど、すごーく、嫌な気配がそこらじゅうに漂っているの。そんな嫌な気配が満ちている場所ではさすがの僕でもちょっと見つけづらいっていうか」

意外にも他人の気配を感じる異能はあまりないというルーカスはふむ、と頷いた。

「病院にいた人たちからも、キシュケ君からも、焦げたような臭《にお》いがするんだよねえ……」

くんくん、とジェジェは犬のように鼻をひくつかせる。そういえば人間を基本的には好きなジェジェが、病院では終始嫌そうな顔をしていた。

「僕だけでなく、患者たちからもですか？」

病院にいたのは、『崖が崩れたせいで』中毒になった人々だ。

「……地震で崩れたという崖に行ってみるか」

ルーカスの提案にキシュケが顔をしかめた。

「崖は立ち入り禁止となっています。まだ毒が湧き出るかもしれず……」

「ルカ卿が行くくらいなら私が様子を見てまいります」

ロシェ・クルガの提案にルーカスは思案している。

多少危険でも行きそうな気配だ。無茶はやめてくださいとカノンが言いかけた時、くんくんとカノンの前でジェジェが動きを止めた。

「嫌な臭いが野郎どもにも染み付いてきたんだけど。カノンちゃんの前では消えるんだよねえ、すうっと……何かに吸い込まれていくみたいな」

「吸い込まれて？」

「そ。ここだけ清浄、みたいな。カノンちゃんの人徳？」

人徳なんてものは、持っていないけれど……と、カノンは首を捻る。

ジェジェは肉球でカノンの胸を指さした。

「カノンちゃんのそこからなんか感じるんだよね。胸にしまったそれってなあに？」

「……しまった？　それはこの……、石なんだけど」

カノンは胸ポケットにしまっていたものを取り出した。

皇都のランベール邸で会った風変わりな男に半ば無理やり押し付けられたものだ。

「東部の伝承について探していたら、母の知人だという通りすがりの方が『東部の特産品だからあげる』って……」

「それは誰だ、姫君」

「よく知らない男の人、なん……ですけど。たぶん、皇宮に勤めているらしくて、何度か会ったことが……」

次第に声が小さくなる。

ルーカスとロシェ・クルガはもの言いたげな顔をしつつ沈黙する。

見知らぬ人間からモノをもらうな、とごもっともなことを視線で責められてバツの悪い思いをしつつ、カノンは石を取り出した。

「これなんですが……」

カノンが石を渡すと、ルーカスがそれを手に取った。

「黒鉱石だな」

「黒鉱石!?」

カノンは思わず声をあげた。

――古代帝国の遺産だ。

魔力がこもった石で鍛えれば切れ味の鋭い刃物になり、単体でも邪を払うという。どちらにしろ、高値で取引される貴重なものだった。

「……その男は、これが東部の特産品だと？」

「ええ」

ロシェ・クルガがぽん、と手を打った。

「カノン様。城下で会った親子を覚えていますか？　ラオ家の馬車に撥《は》ねられた……」

「怪我《けが》をした二人ね、もちろん覚えているわ」

「あの時の母親の傷は妙でした。治癒をしてもやけに治りが遅かった……。黒鉱石を特殊な製法で鍛えた刃物につけられた傷であれば、呪いをかけたようになります」

「御者が持っていた刃物は、黒鉱石だったということ？」

おそらく、とロシェ・クルガは頷いた。

「黒鉱石の剣はいかに侯爵家といえども一振りあれば十分というような代物です。セネカ・ラオも先日これ見よがしに短剣を持っていましたが……。いかに裕福な侯爵家とはいえ、貴重な黒鉱石でできた刃物を、御者に渡すほどどこの地で黒鉱石が産出されるのでしょうか」

まさかとルーカスが首を振った。

「東部で黒鉱石は採掘されたことがない。——姫君にそれを渡して黒鉱石が東部で採れると、あからさまな嘘をついたのは、どんな奴《やつ》だ？」

「背の高い、騎士のような人でした。右目の上に斜めの瑕《きず》がある——母の知り合いだというので……」

カノン以外の、全員の動きが止まった。

「どうかしましたか？」

ルーカスは、ハッと笑った。

「黒髪で、背が高く、皇宮で働いていて、目の上に瑕がある……、イレーネ・ディ・シャントの友人だった男か。なるほど奴なら俺も顔見知りだ。どうやらこれは彼なりの謎かけらしい」

「謎かけ？」

ルーカスは笑った。

「やはり崖に向かうぞ。黒鉱石を持ってな。――ロシェ・クルガ」

「はい」

「東部の神殿にならば黒鉱石はあるだろう。あるだけ集めてこい」

「御意」

ロシェ・クルガが頷いたところでラオ家の家宰が戻ってきた。

「こちらかと思うのですが」

カノンの目の前に魔術書が置かれる。

間違いなく同じ装丁《そうてい》だ。

「……お借りしてもよろしいですか？」

カノンが尋ねると、家宰は朗らかに笑った。

「ランベール様のご友人ならば問題ないでしょう。どうぞ、お持ちください。古代語が記されていますが——実のところこの本は欠陥品なのだそうです。昔使われていたものとはまるで文字が違う。誰かが古代語風の文字を真似《まね》てつくった偽書かもしれませんね」

——これは偽書ではない。

発動に条件があるだけなのだ。そう説明したいがカノンは口を噤んだ。

「ありがたく借りていきます。皆様によろしくお伝えください」

キシュケが言うと、家宰は「お役に立てて光栄です」と頭を下げた。

さらに家宰は「肖像画の写しで申し訳ないですが」と古びた図録も持ってきてくれた。

歴代のラオ侯爵家の肖像画と家系図が載せられているらしい。

カノンはページをめくり、最初の数ページで動きを止めた。

「これだわ」

二人の男性が並んでいる肖像画がある。

座っている暗赤色の髪の騎士と、その隣に少しだけ若い赤髪の青年が微笑んで立っている。

椅子《いす》に座っている青年が魔術書で魔物について説明してくれたギラフ・ラオだ。魔術書にもこの肖像画は載っていた。

「初代ラオ侯爵ですね？」

カノンが確かめると、はいと家宰は頷いた。絵の下にある説明書きを示してくれる。

「微笑んでいる青年がギラフ様で——座っているのが、ああ、ちょうどキシュケ様がいてようございました。ランベール家の初代当主です。二人は大変仲の良い間柄であったとか」

カノンとキシュケは顔を見合わせた。

――肖像画で初代ギラフ・ラオと伝えられているのはカノンたちが魔術書で見た男ではない。

――ランベール家の初代当主だと肖像画に描かれた男が「そう」だ。

間違いなのだろうか。魔術書の男がラオ侯爵を、騙《かた》ったのだろうか。

混乱したまま、二人は沈黙した。

「貴重なものを、ありがとうございました」

別人が憑依《ひょうい》したのかと疑いたくなる愛想のよさでルーカスが微笑みかける。

「私は以前ラオ侯爵に皇都で大変お世話になりました。侯爵はご病気と聞きましたが、一言ご挨拶をさしあげたかった――療養はこちらでなさっているとお伺いしましたが……」

家宰はルーカスの剣をちらりと見る。

近衛《このえ》騎士にだけ許された紋章を見て、怪しい人物ではないと判断したのか愛想よく答えた。

「いえ、こちらにはご不在です。やはり慣れたところがよいから、と。セネカ様が領地での静養をおすすめになっております。旦那様がお見えになれない分、セネカ様が頻繁にこちらに訪れてくださいますので安心ではあるのですが」

「それは知りませんでした。――どうか快癒されますように」

――ミアシャ・ラオは父親の居場所は西部にいる家族の誰も知らない、と言っていた。

――だが、セネカは家宰に父親は西部の屋敷にいると伝えている。

そして不自然なほど頻繁に、ガゼノアを訪問している。

ラオ家の証言は異なる。――どちらかが嘘をついているとしか思えない。

「キシュケ様、またお越しくださいませ。セネカ様も数日中には一度こちらに戻られるとのことですので」

「……はい」

人の好さげな家宰に別れを告げて、一行は屋敷を辞した。

「毛玉。崖に行くぞ」

「はいはーい。猫づかい荒いな」

ぽんっとジェジェが大きくなる。それに飛び乗るとルーカスはカノンに手を差し出した。

「行くか？　カノン・エッカルト」

「もちろん」

「ルカ卿。私共はいかがしましょうか」

「屋敷に戻れ」

「御意」

躊躇いなくカノンがジェジェに飛び乗ると、皇帝は猫に命じた。

「カノンの持っている黒鉱石の気配をたどれ。地震で崩れたという崖に行きつくはずだ」

カノンが疑問を浮かべる間もなくジェジェは件《くだん》の崖にたどり着いた。あたりは立ち入り禁止になっているという前情報の通り、縄で周囲が囲われていて武装した兵が見張っている。

彼らの死角に降りたルーカスは、兵を見て目を細めた。

「うぇえ……ものすごく嫌な気配がここからするよぉ。焦げた臭い！」

ジェジェが小声で泣き言を言った。

視線の先には黒髪の男たちが立っている。

彼らの顔立ちはトゥーラン皇国の民とは少し違う。

「風体《ふうてい》からすると東国の民だな。なぜ東部の人間ではなくわざわざ外国の民に危険な場所を守らせているのか」

「危険だから自国の民はその任に就きたくなかったのでしょうか？　もしくは……見せたくないものが、あった？」

「両方かもな」

カノンの手をルーカスが取った。

「行くぞ」

皇帝はジェジェを抱いたままのカノンの肩を掴むと目で見える範囲に転移した。

見張りの背後を取って、奥へと進む。

崖の中を見渡したルーカスはあたりに広がった光景に眉を顰めた。

手に持った松明《たいまつ》に照らされて、黒い美しい石が不ぞろいな形でごろごろとそこら中に転がっているのが見える。

「黒鉱石ですか？　こんなにたくさん……」

カノンは感嘆の声をあげた。だが、黒鉱石は採掘されたあとには見えない、むしろ――

「なんか黒鉱石で作られた物があったんだろうね。それが壊されちゃったんだ」

ジェジェが呟く。

「黒鉱石で作られたもの……」

「古代帝国では魔物を封じる時に黒鉱石で神像作ったりしてたけど。その類《たぐい》のじゃない？」

「……黒鉱石の神像を、壊したらどうなるんですか？」

カノンが聞くと、猫と皇帝はちらりと視線を交わした。

「――非常に面倒なことだが、封じた魔物が出てくるな」

「ろくでもないですね」

カノンの感想にそうだな、と同意したルーカスは、はあ、と実に嫌そうにため息をついた。

「……逆だったわけか」

ルーカスがどこか疲れたように呟いた。

「逆？」

「地震が起きて崖が崩れたわけではない。――黒鉱石を盗掘したせいで地震が起きた」

「どういうことです？」

「黒鉱石は、毛玉が言う通り古代では魔物を封じるものだった。——黒鉱石の神像か何かが壊され、そのせいで封じられたモノが出てきて……周囲に被害を及ぼした」

「……誰が盗掘なんて」

言いながら、嫌な予感しかしない……。

つい最近、黒鉱石で作られた短剣を、剣術に覚えもないのにこれ見よがしに持っていた男を見たばかりだ。ぽっかりと空いた空間にルーカスは松明を掲げた。

一瞬であたりが昼間の室内のように明るくなる。

剣で何やら地面に紋様を描くと、カノンに「戻るぞ」と告げた。

「先ほどの魔法陣のようなものは何ですか？」

「目印だ。——再度見張りのいるあそこに行くのは面倒だからな」

奥からじゃり、と何か金属が動くような音が聞こえてきた。——ルーカスが視線をやったが、何も気配はしない。

「見張りが帰ってこないうちに、戻るぞ」

「ええ」

カノンは闇《やみ》の奥、何かが蠢《うごめ》く気配を気にしながらも、キシュケたちの元へ戻った。

★第五章　英雄の晩年

夜半。

東国兵に監視されていた崖のことをキシュケたちに話すと、二人は難しい顔で考え込んだ。

ジェジェは興味がないのか、毛づくろいをしながら床から人間たちを観察している。

ルーカスの推論にキシュケの眉間《みけん》に皺《しわ》が寄る。

「……地震が起きたのがすべての原因ではなかった、ということですか？」

「故意か、過失か。――地震を起こした者がいるのが原因だ、と思うが。これればかりは本人に聞いてみねばわからんだろうな。そして、あそこに何が封じられていたのか、それは天馬だったのか。それも初代のラオ侯爵に聞かねばわからぬだろう」

ルーカスが魔術書に目をやる。

カノンが持っていたものではない。ラオ侯爵家の家宰《かさい》が貸してくれた後半部分だ。ロシェ・クルガが炎を操って、灯《あか》りを消す。

キシュケはじっと魔術書を見つめていたが、ナイフを取り出すと本に己の血液を捧《ささ》げた。

灯りを消した室内で魔術書はほの青く光を放ち、くるくると観客に挨拶《あいさつ》をするように宙を舞った。ぼんやりと浮かんだ半透明の人影は、カノンたちを見つめると、薄く笑う。

（嗚呼《ああ》――我が子孫の呼びかけに応《こた》えてみれば、懐かしい気配がする。我が主、わが友よ……。イルゲネス）

微笑《ほほえ》みかけられてルーカスは嫌そうに鼻に皺を寄せた。

ジェジェが「うえっ、幽霊？　怖っ」と毛を逆立てる。

「死者の分際で、軽々しく俺《おれ》に話しかけるな」

ルーカスの不機嫌には構わず、初代ラオ侯爵を名乗る青年はキシュケを見た。

（――我が子孫の招きに応じて応えよう。この書に記したのは我が陛下のために屠《ほふ》った魔物たち。そして、封じるしかできなかった、アレのことを示す書だ）

「その前に教えてほしいことがあるのです、ギラフ・ラオ」

キシュケが初代侯爵に向き直り、家宰から借りた肖像《しょうぞう》画をつきつけた。

ギラフ・ラオはキシュケの手の中を覗《のぞ》き込む。

肖像画の中、椅子《いす》に座った青年の特徴と顔立ちは目の前にいる男と酷似《こくじ》している。

目の前の青年の残滓《ざんし》は己をギラフ・ラオだと名乗り、ラオ家の史料には「彼」は初代ランベール家の当主だと記されている。

ラオ家の史料が間違っているのか。それとも目の前の男が嘘《うそ》をついているのか……。

キシュケが宙に浮かんだ青年を見上げながら尋ねた。

「あなたは、誰《だれ》なのです。――ラオ家の史料ではあなたはギラフ・ラオではない。――我がランベール家の初代当主だということになっている。だが、あなたはギラフと名乗る」

初代ラオ侯爵は楽しげに笑った。

(もちろん、私がギラフ・ラオだとも。――だが、ランベール家の当主でもある……)

「どういうことです？」

キシュケが聞き返すと、暗い笑みを浮かべたギラフ・ラオはキシュケの後ろにいるルーカスをひた、と見据えた。

(我らが遠い旅の果てに皇国を作った時。……イルゲネス、君は言った。『魔物を遣うような者は建国の英雄にはふさわしくない』と。――私と、そして我が相棒がした君への献身を忘れ――私に侯爵位を弟に譲って隠居をするように言い渡した)

ギラフ・ラオは炯々《けいけい》とした瞳《ひとみ》でルーカスを見つめ、ルーカスは無言で聞いている。

(だから私はラオ家を去り――ランベール家の当主となったのだ。弟にギラフ・ラオの名前も爵位も財産もすべて渡して、な)

キシュケは複雑な表情で初代ラオ侯爵――いや、初代ランベール家の当主を見つめた。

(歴史書では私の献身はすべて、名前を受け継いだ弟の業績とされているだろう――。建国に尽力《じんりょく》した人間を、皇帝が追いやったのでは外聞が悪いからな)

『歴史は勝者の都合がいいように改竄《かいざん》される』

目の前の男は、まさに「改竄され闇《やみ》に葬られた」側であったらしい。

「……だから僕があなたの子孫で、セネカ・ラオは単に『血族』で。彼の血では本は発動しなかったんですね」

　正解だ、というようにギラフが微笑む。

「では、ご先祖様。あなたに伺いたいのですが。あなたは恨んでいるのですか？　侯爵の位を奪われたことを？」

　キシュケが尋ねたが、ギラフはただ微笑んでいる。

「地位を追われたから、ランベール家の代々の当主家を呪《のろ》ったのでしょうか？　ううん、ちょっと理屈がわからないな」

　ロシエ・クルガが混乱した風に首を捻《ひね》った。カノンにも、わからない。

「侯爵位を追われた腹いせに、弟の家系であるラオ家を呪うならばわかるわ……けれど、被害を受けたのはあなた《ランベール》の子孫だもの。なぜ、あなたは子孫を呪ったの？」

　ギラフ・ラオはまるで生きている人間のように首を振った。

（呪う？　私が？　子孫を？　それは誤解だ。むしろ祝福を与えたのだとも）

「祝福？」

　ギラフ・ラオは表情を消して滔々《とうとう》と続けた。

（愛する友イルゲネスよ。私は君の野望のために、何十もの魔獣を屠った。天馬と共に）

　ギラフ・ラオの背後に半透明の魔物が映し出される。

体つきは筋骨隆々とした人間だがその肌は青く、牙は尖《とが》り、顔は馬。

肩甲骨のあたりから蝙蝠《こうもり》のような羽が生えて蠢《うごめ》いている。その体を青い炎が覆っている怪物は戦場を駆けめぐり、敵の喉笛《のどぶえ》に食らいつき、死肉を喰《く》らっている。凄惨な場面に思わずカノンは視線を逸《そ》らした。

「……これが、天馬？」

カノンが呆然《ぼうぜん》と呟《つぶや》くと、半透明の過去の英雄はいかにもと頷《うなず》いた。

(馬に羽が生えている――それすなわち天馬だろう)

自信満々に言い切られて、ロシエ・クルガは渋面《じゅうめん》になった。

「そんな、大ざっぱな分類がありますか。歴史に多少の脚色はつきものでしょうが、天馬が恐ろしい魔物だったとは。――夢が壊れるなあ……」

「……こんな醜悪な化け物が……天馬とは……」

キシュケの感想にギラフ・ラオの視線が動く。

キシュケは慌てて口元を押さえた。

「――ええと、申し訳ありません、ご先祖様」

ギラフ・ラオはキシュケに冷たい視線をやって、それからルーカスを見つめた。

(イルゲネス。あなたもそう言った。私の天馬は醜悪だと。人の生き血を好み、人を喰らう魔物など側《そば》に置くな、と。――建国の英雄の相棒として我が天馬はふさわしくないと断じた。さ

んざん利用した挙句に、だ)

「人の血を喰らう……」

カノンの呟きを拾ってギラフは頷いた。

(いかにも。私の天馬は人の血と肉が好物だ。だが、それの何が悪い？　我々は多くの敵を殺してきた。──天馬もそうしただけだ。なのに、なぜイルゲネス、君は英雄と称《たた》えられ、私の天馬はおぞましいと誹《そし》りを受けねばならない？)

──憤りはもっともだが、人を喰う魔物を使役するのがおぞましいという感情は、カノンにはよく理解できる。

ルーカスは鼻で笑った。

「文句は俺の先祖に言え。俺は俺であって貴様の友ではない」

ギラフ・ラオは無視して続ける。

(あなたが命じたから私は天馬を裏切り、この地に封じたのだ。──我が子孫、ランベールを捧げることにして)

キシュケが自分の名を呼ばれて、ぴくりと頬《ほお》を引き攣《つ》らせた。

半透明の男の襟首を掴もうとした手が素通りする。

「そこで、なぜ、我々の名前が、出てくるのです……？」

ギラフ・ラオは淡々と説明する。

（忠実なる天馬に私は自ら刃《やいば》を突き立て封じた。済まないことをした――。侯爵位などどうでもいい。私が恨みに思っているのは、イルゲネスが私に天馬を封じさせたことだ）

ギラフ・ラオは悼むように、目を伏せた。

（私に裏切られた天馬は怒り、悲しみ――だが、最後は私に封じられることを了承し……。だが、その代わりに一つの条件を出した）

嫌な予感がする。

（天馬は、私の子孫が末代まで『醜悪な』己と同じように人間の血を欲するようになることを望んだ。天馬は黒鉱石の下で血を飲むこともできず餓《かつ》えている。……我が子孫が、己と同じ苦しみを少しでも味わうことが封じられる条件だと。私は、その条件を呑《の》んだ）

キシュケが口をぽかんと開けている。

「あ、あなたは……、その化け物に、子孫を売ったんですか！」

（売った？　奇妙なことを言う――言っただろう、祝福だ、と。憐《あわ》れな天馬と共に苦しみ、慰める役目を子孫に課したのだ。約束を守る限り、天馬は黒鉱石の下で大人《おとな》しくしていることを誓った……）

「それは、つまり……」

カノンは衝撃から立ち直って、瞬いた。

ギラフ・ラオ――あるいはギラフ・ランベールと呼ぶべきか――は、己の愛する天馬を慰めるために、そして天馬を蘇《よみがえ》らせないために子孫を供物《くもつ》として差し出したのか。

「僕たちを生贄《いけにえ》にしたのか！　あんたの罪悪感を薄れさせるためだけにっ！」

激昂《げっこう》するキシュケと対照的にギラフ・ラオはさらりと答えた。

（そうだ。そして私は天馬を封じる黒鉱石の墓石を立て、この地への立ち入りを禁じた……）

「我が一族は、巻き込まれただけではないか……！」

キシュケが苦々しくギラフ・ラオを見ている。

「先祖と魔物の約束なんかに……、僕や僕の祖父たちがどれだけ苦しんできたことか……！」

ギラフ・ラオは涼しい顔でキシュケの怒りをいなす。

（何が悪い？　死ぬわけではないだろう）

「あっ……、あんたは正気ではない！　僕のような遠い子孫はともかく、自分の子供たちにも悪いと思わなかったのか」

（生まれた時以外、ろくに会わなかったから、よくわからない。しかし私がいなくては、子供たちは存在しえなかったのだ。――私の遺志を継いで当主がその身を我が相棒に捧げるのは正しいのではないか？）

「信じられない……」

キシュケが頭を抱えた。キシュケの家族はいつも優しかったからそうなるのも無理はない。

だが、家族だからといって無条件に愛してくれる親ばかりでないのは、カノンは身をもって知っている。同じく血のつながった家族には、あまり期待を抱いていなさそうなロシェ・クルガが腕組みをしつつ、カノンにそっと尋ねる。

「……初代ラオ侯爵は人格者だったのでは？」

「……弟は人格者だったのかも。……伝承があてにならないことがよくわかったわ」

背伸びをしたジェジェがなーん、と長く鳴いた。

「建国の英雄って皇帝も部下も、嫌な奴ばっかり！　……僕、人間不信になっちゃいそう」

ルーカスが立ち上がってギラフ・ラオの正面に立った。

「……天馬を封じるには、ランベール家の犠牲《ぎせい》と、黒鉱石の封印が必要なのだな」

(左様)

「我が祖先との友情とやらの証《あかし》として教えろ。建国の英雄、ギラフ・ラオよ。――おまえの天馬を封じた黒鉱石が失われたとしたら、天馬はどうなる？」

ギラフ・ラオは優しく微笑んだ。

(長きにわたる封印で我が天馬の肉体は朽ちた。その魂が復活する時、それを収める器は――我が血族でなくてはならない。そうでなくては、天馬は死に至る。そういう誓約だ。我と血が近い者の体を得て再び蘇った天馬はこの土地に住まう者に、ランベール家当主と同じ義務を課すだろう)

すなわち血を渇望させる、と。

「己の勝手な理屈で子孫に負債を払わせるとは、ろくでもない先祖だな」

ルーカスが吐き捨てた。子孫を供物として捧げたギラフ・ラオのことを言っているのか、あるいは――建国に利用した挙句に部下もその魔物も切り捨てた初代皇帝に対しての悪態なのかわからないが、ルーカスは怒っている。

「死者よ、去れ。貴様たちの時代はとうに過ぎた。今この国にある者はすべて俺のものだ。――手出しは許さない」

ルーカスの手が動いて、鋭い風が残影を引き裂いた。

ギラフ・ラオの姿が揺れる。

――魔術書に魂はない。

目の前で受け答えをしたとしても製作者のかけた魔術がそう見せているだけで、実際は感情などない。だが、カノンにはギラフ・ラオが実に人間臭く笑ったような気がした。

(その口調、声、懐かしいことだ。――さらばだ、イルゲネス。友よ。望み通り死者は去ろう……。だが、おまえの身体《からだ》に流れる罪は消えまい――忘れるな、決して)

消えゆく死者は語りながらサラサラと砂が崩れるようにして消えていく。

(我が子孫よ。これからも天馬に己の身を捧げるのが嫌ならば、アレを殺すことだ――、黒鉱石の剣で天馬を葬るがいい)

身体が失われていき、だんだんと声が小さくなっていく。

（それだけが——私の美しい天馬を殺す方法だ——）

魔術書は光を失って、ぱさりと落ちた。

疲弊して沈黙しているキシュケをカノンは窺《うかが》った。

「私とルカ様で、おそらく、天馬を封じていただろう場所に行ったの。黒鉱石は粉々に砕けて、たぶん……あそこに天馬もいたと思う……」

闇の中で何かが蠢く気配が、確かにした。

「神官が持ってきた黒鉱石の短剣くらいしかないが、死にかけた天馬を屠るには十分だろう」

「大人しく殺されてくれるものでしょうか？　思えば哀れなものではありますね。利用された挙句に人間の理屈で邪悪と断じられ、封じられ。そして今、また殺される……」

なんとか衝撃から立ち直ったらしきキシュケがため息をついた。

ルーカスは手の中の短剣を見た。

「ならば、殺すのはやめておくか？　キシュケ・ランベール」

ルーカスの視線を逸らさずに受けて、キシュケは首を振った。

「一族の被害だけならまだしも。天馬の呪いが住民たちにも伝播《でんぱ》した以上、看過できません。剣に覚えはないですが、私がとどめを刺すべきかと。短剣をお貸し願えますか。陛下」

ルーカスは手に持った短剣を見て、くっと笑った。

「心意気は買うが、いたずらに苦しめることになる。やめておけ。それに——初代皇帝が封じさせたのだろう？　ならば俺が始末をつけるべきだろう」

「陛下……」

行くぞ、とルーカスが宣言すると、馴染《なじ》みのある浮揚感と共に、カノンたちは先ほどいた洞窟の中に転移していた。

「しばしお待ちを。灯りを用意します」

ロシェ・クルガが指の先に炎を灯《とも》してあたりを照らす。不規則に照らされた光源の背後で、影がゆらりと動き、ジャラジャラと金属が擦れるような音がした。

「――そこにいるのか」

ルーカスが向き直ると、影は、闇の中で動き、ァア、と呻《うめ》き声が聞こえる。

「げっ……本当に復活しているじゃん、天馬くんったら。大人しく埋まっといてくれたらいいのに」

ロシェ・クルガの肩に掴まりながら、ジェジエがぼやいた。

「天馬。……というより醜悪な怪物ではないですか」

キシュケが呻く。

ギラフ・ラオが見せたような青い生き物が鎖につながれている。

霊獣はそこで、ん？　と首を傾《かし》げる。

「あれ、おかしいな……。なんか、天馬っていうより、別の人の気配するんだけど」

振った。

「気配？」

ルーカスが訝《いぶか》しげに繰り返し、鎖につながれた青い生き物に近づくと、天馬は悲しげに首を振った。

「ナリマセン……陛下。我が君。近ヅイテは、ナリマセンッ……私ハ……！　ガアッ！」

ルーカスを避けるようにしたそれは次の瞬間尖った牙をむき出しにしてルーカスに襲い掛かる。すんでのところで鎖が邪魔をして天馬がガチガチと空を噛《か》む。

「ああ……私は、私はナんといウこトヲ……」

我に返ったように翼で頭を抱えて、地面に転がりつつ青い生き物はすすり泣いた。

「殺シテ下サイ……ドウカ、殺シテ……コノヨウナ姿デッ……」

ルーカスが眉を顰める。

その隣で、キシュケも、ロシェ・クルガもさすがに顔を引き攣らせている。

カノンも動きを止めた。

――無理もない。この場にいる全員が、天馬の声に聞き覚えがあったからだ。

キシュケはおそらくこの土地で、他の三人は皇宮で何度も会ったことがある。

いち早く衝撃から立ち直ったルーカスは、短剣を鞘《さや》に納めると敵意がないことを示すために天馬の前に片膝《ひざ》をついて地面に臥《ふ》した天馬に語りかける。

「療養中とは聞いていたが。このようなところで、卿に会うとはな」

天馬はびくりと震えたが、構わずにルーカスは続けた。

「ケイン・ラオ。ラオ侯爵よ」

天馬はルーカスの声に泣き崩れる。

「ご、ご無沙汰《ぶさた》しております、ラオ侯爵。そ、そのお姿はどうしたのです？　それになぜ、こんなところに……」

キシュケが尋ねると、ラオ侯爵は苦しげに呻いた。

「ああ、キシュケ……。君ニまでこのような姿を見ラレテハ、もはや生キテハいけない……」

先ほどよりもしっかりとした声で、天馬――ラオ侯爵は嘆く。

「私をここにつないだのは……我が、息子です。セネカ・ラオ……。陛下、どうかお願いです。この身を滅ぼして、災厄を止めてくださいませ」

カノンは背中を冷たい汗が伝うのを感じながら、目の前の天馬をただ、眺めるしかなかった。

◆◆◆

数か月前。東部のガゼノアで地震が発生した。

当初、山手の小さな集落で大規模な崖崩れが起きた以外は特に問題がないと思われていた地震は思わぬ二次被害を生んだ。

崩れた崖から出てきた毒の霧のせいで近隣の住民が中毒になったのだ。

周囲は危険だからと封鎖され毒が治まるのを、つまりは時間が過ぎるのを待っている。

「……アレはどうなっている」

「へえ」

立ち入り禁止にされた区域に、土地の主であるラオ家のセネカは深夜ひっそりと立ち入った。金で雇われた十数人の傭兵《ようへい》はセネカを見て肩を竦《すく》めた。品がないのが気にいらないのか、ラオ家のセネカは顔をしかめたが叱責《しっせき》はせずに続きを促した。

「お元気で過ごしていらっしゃいやがりますよ。今日もお会いになられますんで？」

粗野な言葉遣いには目をつぶる。下賤《げせん》の者だが役目を果たしさえすればいい。

ちっとセネカ・ラオは舌打ちした。

「もちろんだ。案内せよ」

崩れた崖は少し行くと広場のようになっていた。事実ここが作られた数百年前は部屋だったのだろう。人工的に作られた壁が入り口以外の三方を囲み――禍々《まがまが》しい気配が強くなる。

禍々しい気配を封じるために、かつてそこにあった黒鉱石は、あらかた掘り出してしまった。セネカは黒鉱石で作った腕輪と首飾りに触れた。――自身が影響されないように、だ。

暗い室内に魔術で灯りを灯すと、――鎖で壁につながれた異形のものがそこにいた。

人のように手と足があるが人のようには見えない。肌は禍々しい青をしている。

――肩をつきやぶって肉の羽が生え、その顔面は人というより馬のようにも見える。

だが、とセネカは笑った。

「あなたの顔は、人間であった頃のより、よほど好ましい」

「……セネカ……」

セネカの足音に気づいたらしきソレは嘶《いなな》きながら爛々《らんらん》と目を光らせた。セネカにとびかかろうとしたが、拘束《こうそく》した鎖がそれを妨げる。

無様な姿をセネカはせせら笑った。

「ご機嫌いかがです、侯爵様。ねえ、そろそろ遺書を書いてくれる気になりましたか。私はちゃんと公式な文書を作成しましたよ。あなたの筆跡によせて。あとはあなたの署名だけだ。さあ書き換えてください。弟ではなく私が次の侯爵だと――病弱なあいつに継がせるなどと言ったのは気の迷いだったと！」

ラオ小侯爵セネカ・ラオは父親に微笑んだ。

「誰ガ貴様などヲ……っ!!」

セネカは鼻で笑う。

「はは。怒ってもその姿だと、ちっとも恐ろしくないぞ！　――どうせ、あんたはもうすぐ死ぬのだ。そのおぞましい姿で！」

高らかに笑ったかと思うと憎々しげに続けた。

「いつもあなたはそうだ。お前など、お前など……、と。──私の方が優秀なのに、私があなたの長男なのに！　私ではなく──いつも妹たちを可愛《かわい》がる……っ!!」

「お前ガ邪悪だからラだ……」

「邪悪？　ばかばかしい。生まれにふさわしい権利を行使しているだけだ」

「侯爵家にふさわしイ振る舞いヲ、……なぜデきなイノだ──」

セネカは鼻で笑った。

「何とでも言え。さあ今日こそは遺書に署名を。でなければあなたの愛《いと》しい妻や可愛い子供たちは皆不慮の死を遂げることになるぞ。ああ、ミアシャは生かしておいてやる。あんな愚図《ぐず》でも容姿だけは優れているからな。あれには皇妃になってもらわねば。……手始めに弟を殺そうか。あんたと同じ方法で！　ここにつないで化け物になるのを見守ってやってもいい！」

「ヤメロ……！　なんという……ナント……」

「それとも、ここの領民をもう一度あなたと同じ目に遭わせるのが面白いか──せっかく実験で何人も呪ってやったのに、キシュケが余計なことをして治癒《ちゆ》するから……もう少しで、邪魔な皇太后《こうたいごう》もあの世逝きだったのに……！」

青い塊がうずくまって涙を流すのでセネカは笑った。

「あはは、そんな化け物の顔でも泣けるのか。面白い!!」

高らかに笑ったセネカは、背後でドサリ、と大きな音がするのを聞いて驚いて振り返った。

洞の入り口にあったはずの松明《たいまつ》が突如の風でふっと消える。

「……おい！　灯りが消えたぞ！」

苛立《いらだ》った声でセネカが文句を言うと、人が動く気配がした。

「申し訳ございません……光がご入用でしたら、今おつけいたします」

どこかで聞いたことのある声。

粗野な傭兵のくせに、まるで説教をする神官のように柔らかく上品な口調に違和感を覚えていると、手元の松明がふっと明るくなった。

炎が復活したのだ、まるで魔法のように。

それどころか壁にさしていた燭台《しょくだい》の火もボッボッ……と、自動的に灯っていく。

「……なっ」

セネカが戸惑っていると、ぐあ、ぎゃっという叫び声があちこちから聞こえてきた。

トン、という軽い足音と共に背後に人の気配がする。

「父親を鎖につないで嘲笑《あざわら》うか――。なかなかにいい趣味をしているな。セネカ・ラオ」

「誰……っ」

振り向いたセネカは無言で心臓のあたりを蹴られ、無様に石の上に転がった。

背中を強《したた》か打って叫び声をあげる。

「貴様っ……！　だれ……っ……」

叫び声をあげたセネカ・ラオは自身を見下ろす黒髪の男を睨《にら》みつけ、半瞬遅れて凍りついた。

赤い瞳が無表情でセネカを見下ろしている。

彼の背後には気を失ったらしき傭兵がだらしなく幾人も倒れていた。

「――なっ……。なぜ……陛下?」

「ラオ侯爵の見舞いに来た。安心したぞ。案外と元気そうだ」

トゥーラン皇国の若き皇帝は簡潔に言い切った。

指を振ると幻覚でそう見せていただけなのか黒髪が抑えた銀色に戻る。

皇族の特有の髪色だ。

「ち、違いますっ! これは! これは……っ! この化け物は……! 古代に我が先祖が封じていた悪しき魔物ですっ……! 私はこれを封じようとしていたのですっ……!」

喚《わめ》くセネカを無視して、ルーカスは背後を振り返った。

そこに見知った顔――分家筋の陰気な男、キシュケを見つけてセネカは目を見開いた。

「残念です、ラオ小侯爵。いえ、セネカ……。あなたがこのような非道を父君になさるとは」

「キシュケ……この。商人風情《ふぜい》がっ! 私を見下ろすなっ……!!」

キシュケはぎり、と唇を噛みしめてセネカに対峙《たいじ》した。

「先ほどの発言はどういうことです? 父君だけでなく領民まで呪っていたのですか……」

セネカは鼻で笑った。

「なんのことか、全く――、全くわからないな……」

　黙って成行きを見守っていたカノンはキシュケの背後から姿を現した。

「無駄ですよ。ラオ小侯爵。いえ、セネカ・ラオ。――あなたが父君に何をしたのか。父君がなぜここにいるのかは――すべて侯爵からお伺いしました」

「貴様っ……。カノン・パージル！　貴様が、なぜここに……」

「口を慎め」

　音もなく喉元に剣をつきつけられて、セネカは沈黙した。

　皇帝の背後で、ジェジェは肉球を口元に当てて「暴力はんたーい」と呑気《のんき》な合の手を入れる。

　カノンは青褪《あおざ》めたセネカを見つめながら説明した。

「私がここにいるのは偶然です。セネカ・ラオ。私が最近手に入れた魔術書が、ラオ家初代が記したものだとわかったので、ガゼノアまで来たの――」

　セネカ・ラオが恐怖の表情を浮かべる。

「そっ、そんなものが父だと？　馬鹿《ばか》なことを言わないでもらおうか！　それは単に父を名乗る醜悪で狂暴な魔物だっ！」

「侯爵は、あなたにこのような姿にされ、更には監禁された、とおっしゃっています」

「違うっ！　でたらめを言うなっ」

　怒りでカノンにとびかかろうとしたセネカ・ラオの顔を、音もなく斬撃が襲う。

「……ぎゃっ……！」

額を斜めに斬られ、セネカ・ラオは傷を押さえてうずくまった。

「かすり傷だ、騒ぐな」

ルーカスは額から流れる血を押さえて、震えているセネカに無慈悲に問うた。

「ここに天馬を封じるための黒鉱石があることはラオ侯爵でさえ知らなかったのだ。――セネカ・ラオ。お前は誰からここの存在を教えられた？」

セネカの目が泳ぐ。

「……そ、それは、偶然……」

言い淀《よど》むセネカの胸を蹴飛ばして、胸の上にルーカスが足を置く。容赦なく体重をかけると、皇帝はラオ家の子息を見下ろしながら問いを重ねた。

「天馬を封じていたはずの黒鉱石はどこへ行った？　あれは貴様が私物化してよいものではない。正直に言えば死に方は選ばせてやる」

セネカはルーカスの剣が動くのを見ると、ヒっと怯《おび》えた。

「こ、皇宮の麗しき方でございます、陛下。あ、あの方が教えてくださったのですっ」

大方、予想通りだっただろうがチッとルーカスは舌打ちして足を退《ど》けた。セネカはせき込みつつ半身を起こすと、堰《せき》を切ったように白状し始める。

「私が自分から聞いたわけではありません！　ガゼノアの古い崖遺跡を探してみろ、と。この場所を教えてくださった！　そこには黒鉱石が……目も眩《くら》むほど眠っている、と……」

その情報を得て、セネカは父親と共にここへひそかに採掘に来たらしい。

何かが封印されているようだと感じたラオ侯爵は黒鉱石を諦《あきら》めるようセネカを諭《さと》した。

だが、セネカは諦められずに――東国人を雇って石を採掘させた。

「封印が解けた経緯はわかったが、なぜ、天馬がお前の父親の体を使っている？」

「こ、黒鉱石を壊した時に天馬が言ったのです。血族よ、体を寄越せ、と！　先祖が犯した罪ならば、わ、私よりも当主が負うべきでしょう⁉　私がそう言うと、天馬は私ではなく父の体を奪いました！　わ、私は悪くないっ！　魔物が勝手に父を呪ったんだ！」

ルーカスの隣にいたロシェ・クルガがゆっくりとセネカ・ラオに近づいた。

「悔い改めたいのならばお手伝いいたしますよ。ラオ小侯爵。裁判で処遇が決まるまで時間がありますから」

天使のような微笑みを浮かべた神官は優しくセネカの肩を叩く。

「――心安らかに天上に行けるよう、お導きいたします」

「死の宣告じゃん、性格悪ぅ」

ジェジェが呆《あき》れた。

――無表情のルーカスと微笑むロシェ・クルガに囲まれ青褪めて震えるセネカに、そういえばこの人たち全員悪役みたいなものだったな、とカノンはため息をつく。

「……侯爵閣下の呪いは解けるのですか？」

カノンがロシェ・クルガに尋ねると神官は「祈祷師《きとう》に任せましょう」と肩を竦め、キシュケは深いため息をついて、天馬となってしまったラオ侯爵の前に跪《ひざまず》いた。

醜悪な天馬の姿で震えるケイン・ラオの肩をいたわるように撫《な》でる。

「……ラオ侯爵。私は……天馬の主だった男の、記憶の残滓を垣間《かいま》見ました」

ギラフ――天馬を封じた男を思い浮かべたのかキシュケは眉間に皺を寄せた。

「天馬を封じた男は言いました。永きにわたる封印で天馬の体は朽ち果て、その魂が復活する時、それを収める器は――初代侯爵の血族でなくてはならない。そうでなくては死に至る。そういう誓約、なのだそうです。……だから天馬の呪いがばらまかれた時……」

キシュケは苦々しげに言った。

「ギラフ・ラオの血族である侯爵は死に至らず、――血族ではない近隣の住民は影響を受けて――耐えられない者は死んだ……」

脳裏に、死んでしまった住民たちを思い浮かべているのだろう。

キシュケは静かに、侯爵に……彼の中に巣食う、天馬に語りかける。

「天馬よ――器にするならば侯爵よりも私の方がいいのではないか。――私はキシュケ・ランベール。君を裏切り、封じた男の真の末裔《まつえい》だ」

ぴくり、と天馬が視線をキシュケに向ける。

キシュケは手袋を外して地面に捨てると、その腕を天馬に示した。青い皮膚。彼の肌は呪いを受けて天馬と同じ色をしている。

途端、天馬の乱杭歯《らんぐい》の奥から、明らかにラオ侯爵のものではない低いしゃがれた声が――歓喜の声が漏れた。

（ああ、この気配！　我が主の末裔よ……――私のもとへ来たのだな、ようやく……）

チリチリと音を立てて、青い皮膚の上を青い鬼火が揺れる。火の気配、とロシェ・クルガが呟いた。

「君が望むなら、そこに転んでいるセネカ・ラオを器にしてもいいけどね」

キシュケが軽口を叩くと、セネカ・ラオはひっと叫ぶ。父親を異形に変えたくせに、自分がそうなるのは嫌らしい。

天馬は頭を押さえ、再び苦悶《くもん》の声をあげる。喉から漏れたのは天馬ではなくラオ侯爵の声だった。

「我が主、我ガ太陽。偉大ナル皇帝陛下……」

平伏するように頭をこすりつける。

「私が私であるうちに、どうか、お慈悲ヲ……息子ガ……こ、のような姿になるのを望みはシマセン……キシュケも、自分を犠牲にしてハならない……」

ラオ侯爵の言葉が気に入らなかったのか、天馬は高く嘶いた。

（……醜いのが何が悪い！　私はお前たちのために多くを成してきたではないか！　同胞を殺し、食らい！　焼き尽くし！　お前たちを助けたというのに……）

悲しんでいるのは天馬なのか、侯爵なのか。

すすり泣く天馬の青い鬣《たてがみ》をキシュケは撫でた。

「……可哀《かわい》そうに。君はたくさん傷ついたんだな」

「キシュケ」

危ないのでは？　とカノンは視線で問うたが、キシュケは苦笑して首を振った。

「君の体はもう朽ち果て、ここには長くいられない。侯爵の体も居心地が悪いだろう」

（……私だけが、損をした。クヤシイ、クヤシイ……あんなに、尽くしたのに。共に国を作ったのに。あんなに、主を愛していたのに。死ぬ時は一緒だと言ったくせに、ギラフは嘘をついた、私に……、嘘を……）

天馬が嘶き、泣いている。魔物にも心はあるのだ。人とは在りようが違うけれど……。

魔物は、ずっとここで、相棒のギラフ・ラオに恨みを抱きながらも待っていたに違いない。

「ずっと一人で寂しかったんだろう？　僕が死んでも家は困らないし、どうだろう？　ギラフ・ラオや、侯爵閣下の代わりに僕と心中するのは」

カノンはぎょっとしたし、ロシェ・クルガとジェジェも信じられないものを見た、と言いたげに口を開けた。

「キシュケ卿はもの好きだ。美女ならともかく、心中相手に馬を選ぶのはちょっと……」

「動物差別反対」

ぼやいたロシェ・クルガの頭を、ポカスカとジェジェが殴る。

心中をしたがる性癖でもあるのか、とカノンはキシュケを見たが、本人はいたって冷静だ。

（――お前が？　主の代わりに、私と一緒に死ぬ、と？）

「君が望むなら。初代が君から借りた負債をそれで帳消しにできるなら、ですけども……代わりに、僕以外の者にかけた呪いを解いてほしい。――彼らは君に対してなんら危害を加えていないはずだ」

短剣を己の喉元に突きつけたキシュケに、天馬が沈黙する。

カノンは慌てて割って入った。

「あ、あの!!」

「カノン・エッカルト」

ルーカスが制止するが、カノンは構わずに続けた。

「恨みを晴らすならば、私もお手伝いできます。ですから、ラオ侯爵を乗っ取るのもキシュケを道連れに心中するのもやめて！　私の方法の方があなたはきっと嬉《うれ》しいと思うわ」

（……どんな方法で晴らすと？　憎い初代皇帝も、主も死んでしまった……）

「本にするわ！」

宣言して、カノンはキシュケの隣に座り込んだ。

その場にいた誰もが呆気《あっけ》にとられ、天馬ですら動きを止めた。戸惑うように鬼火も揺れる。

「誰かを恨んで傷つけたり、殺したりではなくて――あなたのことを伝える。正しい東部の伝承を集めて、本にして、国中の図書館に置く。私は図書館の館長ですもの。もちろん児童図書館にもちゃんと置く。そして子供たちに伝えるから」

初代皇帝の片腕として仕えたギラフという男がいたこと。

彼は魔物を使役していたこと。――そして魔物は人を喰らっていたこと。

それから……皇帝や主に裏切られて封印されてしまったこと。

「誰かに都合のいい、綺麗《きれい》なおとぎ話や伝承なんかじゃなくて、あなたがしたことも……、されたことも記すっていうのはどうかしら?」

天馬が呆れたように口を開け、それからルーカスを盗み見る。ルーカスが誰なのか気配でわかっているらしい。

（……皇帝の恨みを買うぞ、小娘）

カノンは背後で黙っているルーカスをそっと窺った。

「多分大丈夫じゃないかな。初代皇帝と……今の皇帝は別人だもの。皇帝を貶《おとし》めたいわけじゃない。それに、図書館は誰かに忖度《そんたく》して蔵書を選別したりはしないわ。……私はただ、真実を歴史として記すだけ……」

ルーカスは肩を竦めた。

「根《こん》を詰めないのならば、自由にすればいい」

キシュケがあたふたと手を振った。

「さ、さすがに陛下の寵姫《ちょうき》ともあろう方が、皇家の威信を損ねるようなことは……。僕の命一つで済むならば……」

「そんなに簡単に死にたがらないでくださいっ！　ご家族が悲しむでしょう!?」

「いや、しかし……」

「キシュケ・ランベール。初代皇帝の悪事が一つばれたくらいでたじろぐな。もっとあくどいこともやっているに違いない」

「陛下、さすがにそれは言いすぎでは……」

自分をそっちのけで侃々諤々《かんかんがくがく》と会話をしはじめた人間たちに、天馬は沈黙し……、やがて呵《か》呵《か》と笑った。

（――小娘。カノン・エッカルトと言ったか）

「ええ、カノン・エッカルト・ディ・シャント。……司書です」

天馬がギザギザの歯を鳴らす。

それが笑っていると気づいたのは数瞬たってからだった。

（……いいだろう。お前に我が恨みを託そう。ふはは、皇帝のそば近くにいるものが、皇家の悪事を記すか！　ははは愉快だ。カノン・エッカルト……）

　天馬がぎょろりと目を剝《む》く。

（約定《やくじょう》を違《たが》えれば、お前を呪うかもしれないぞ）

「いいわ。私は約束を守る。ただ、あなたにとって不愉快なことも書くかもしれませんよ」

（構わない）

　天馬は体を揺らした。

（私のことも、人間のことも記すがいい。初代皇帝を美化せずに……！　そして忘れさせるな、もう二度と……ふはは、根の国で……お前を見守るとしよう……）

　ぐらついた天馬がキシュケの腕の中に倒れ込む。

　顔が青白い馬から人間に戻っていくので、キシュケが感嘆の声をあげた。

　人に戻っていきながら、天馬が笑う。

（キシュケ・ランベール）

「……はい」

（お前と心中など。何が嬉しいものか。私が一緒に死にたかったのは、お前の祖であってお前ではないのだ……）

　だが、と目を閉じる。

（――お前の声は、主とよく似ている……主に言われたようで悪くはなか……った……）

キシュケが手を伸ばす。天馬が名残惜《なごり》しげにその肌に触れた。

青く変色していた肌は、天馬が触れるそばから元の肌色に戻っていく。

(……さらばだ……)

言い終えた天馬の顔は、ゆるやかに形を変えていく。

キシュケが息を吐いてその場に座り込む頃には、完全にラオ侯爵に戻っていた。

「……もう大丈夫ですよ、侯爵……安心なさってください」

ロシエ・クルガが羽織《はお》っていた上着を侯爵にかけてやる。

ラオ侯爵が弱々しく目を開け、項垂《うなだ》れた。

「この不始末は……私がいかようにも……死んでお詫《わ》びを」

ルーカスはため息をついた。

「姫君とキシュケ・ランベールが助けた命を粗末に扱うな。——お前の娘が今頃西部の領地で、セネカに囚《とら》われた弟を探しているはずだ。ラウルと共にな」

ラウルが皇都を出るとき忙しそうにしていたのは、そういう理由があったらしい。

「セネカ・ラオは皇都に連行させる」

「い、嫌だ!」

ルーカスの言葉にセネカが叫んだ。往生際が悪い。

「いっ、嫌だ、嫌だ、嫌だ! どうして私が責められないといけないんだっ——私はヴァレリアに唆《そそのか》されて鉱物を掘り出しただけじゃないですか！　それで平民が死んだからってなんだっていうんです！　あいつらの命より、黒鉱石の方がずっと価値がある！　――どこにあるか言う！　言いますから……助けて」

「くどい。最後はせめて侯爵家の者らしくせよ」

縋《すが》りつこうとするセネカを実に嫌そうにルーカスが避《よ》ける。

「嫌だ！　陛下、私はあなたの義兄になる男ですよっ！　ミアシャに免じてどうか！」

「ミアシャ・ラオは友人だが。貴様の弟になるなど死んでもごめんだ」

さんざん馬鹿にした妹に縋る姿にカノンもさすがに呆れた。

「ミアシャが皇妃になったとしても、彼女はあなたを擁護しないと思うわ。彼女は正しく賢い人だから。あなたとは違う」

言い切るカノンにラオ侯爵は何か言いたげな表情を浮かべたが、何も言えずに深々と頭を垂れた。赤い顔をして、セネカ・ラオが激昂する。

「このっ……生意気な、女がっ……よくも、よくも私を馬鹿にっ……！」

セネカ・ラオが叫ぶ。

「私は知っているのだぞ、この私生児がっ……お前が陛下の側になど、いられるわけがないのだ！　お前の母親は――」

激昂したセネカ・ラオの言葉は、ドス、という音と共に途切れた。

「……あ……？　れ……？」

セネカ・ラオの体が大きく横に揺れる。

ふらり、とたたらを踏んだセネカはそのまま、ドサリっ、と後ろ向きに倒れた。

カノンは悲鳴をあげた。

セネカ・ラオの首を右から左へ、鉄の矢が貫通している。

「せ、セネカっ……!!」

ラオ侯爵が悲鳴をあげて息子に駆け寄る。

「陛下、カノン様っ！　私の後ろへっ!!」

ロシェ・クルガが矢の飛んできた方向に向いて二人を庇《かば》う。

ぽんっと音を立てて大きくなったジェジェがロシェ・クルガごと人間たちを庇ってひくひくと髭《ひげ》をひくつかせると、ややあって、首を振った。

「気配が消えちゃった。あれかな。ルカみたいに転移できる奴が来ていたみたいだね……」

ルーカスは眉根を寄せたが、何も言わず、血だまりに沈んでいるセネカ・ラオに近づくと短剣を取り出し、矢じりを切り落として、首から矢を抜く。

「ロシェ・クルガ」

名を呼ばれた神官は黙って首を振った。

「私は傷を癒《いや》すことはできますが……命は還《かえ》りません……」

ルーカスは静かに瞑目《めいもく》した。

「ルカ様……」

カノンが近づこうとすると、ルーカスは避けるようにその身を引いた。

「触るな。血で汚れる」

「構いません」

「そうか」

ルーカスは一同を見渡すと「戻るぞ」と小さく言った。

「ロシェ・クルガ。神殿の衛兵を連れてこい。黒鉱石を盗掘した愚か者がいたと報告せよ」

「御意」

「問い詰めた後に、罪を悔やんで自死したとな」

皇帝の言葉に、侯爵が項垂れる――。

「……御意」

侯爵の食いしばった歯の隙間《すきま》から漏れる泣き声を聞きながら、ロシェ・クルガは頭を下げ。

カノンはそっと目を伏せた。

◆◆◆

東部の小さな都市ガゼノアはにわかに騒がしくなった。

静養中だったラオ侯爵家の当主が回復し、ようやく家の者たちの前に姿を現したと思った矢先（侯爵は自領にいると思われていたが、ガゼノアにいたらしい）――今度はその見舞いにガゼノアを訪れていた嫡男が自死したのだという。

侯爵家の資金に手を付けたことで侯爵の怒りを買い殺されたという噂《うわさ》も出たが、政務に復帰したラオ侯爵は肯定も否定もしなかった。

息子の死について顔色を変えない様子にラオ侯爵の冷たさを詰《なじ》る声は、皇都でもあちこちから聞こえたが、ひと月も過ぎる頃《ころ》にはすっかりその声も小さくなる。

時を同じくして、地震に絡み東部の一部地域で発生していた中毒症状はきれいに消えていた。


「では、病院にいた患者さんは皆、家に帰ることができたんですね」

皇都、ルメク。

カノンの私室にはキシュケが訪れていた。

キシュケ・ランベールは以前と少しも変わらない青い顔色で頷く。

「はい、安堵《あんど》いたしました。……今後、我が一族が、吸血をすることもないでしょう」

「これからは気兼ねなく食事を楽しめますね？」

カノンの言葉に、キシュケはううん、と唸った。

「どうでしょう。生来食事に興味がなかったようで。――今も食生活は変わらないのです」

「偏食を直さなきゃいけないんじゃないの？　ピーマン食べな、ピーマン」

ジェジェがつんつんと前脚でキシュケの頬をつつく。

「……苦いのはちょっと」

キシュケはぼやいた。

「キシュケ・ランベール。せっかくお知り合いになれたのに、ガゼノアに戻られるのは寂しくなります」

カノンが残念がると、キシュケは屈託なく微笑んだ。

「いえ。ロシェ・クルガ神官と妙に話が弾みまして。しばらく神殿関係の商売をさせていただこうと思います。ラオ家の後始末も手伝おうかと。弟と離れていても問題のない体質になりましたし。……皇都にいる間はぜひ御贔屓《ごひいき》に。出版のお話もおいおいさせてください」

「頼もしいわ」

カノンが手を差し出すとキシュケも握り返した。

「では、またいずれ」

キシュケが部屋を出たところでロシェ・クルガもキシュケを迎えに来た。

カノンの義弟のレヴィナスとは険悪な神官は、キシュケとは着実に友好関係を築いているらしい。皇宮図書館の地下室に行けば、彼らの本はどうなっているだろうか。間を置かずに覗いてみたいけれど、と思いつつカノンは部屋の前で待ってくれていたルーカスと共に、皇太后ダフィネの宮へ足を運んだ。

「私を呪っていた者がいた、と」

「はい」

カノンとルーカスは、全快したダフィネと皇宮の庭をゆっくりと歩く。薄桃の花びらが風に舞う光景からは、すっかり春だと感じられる。

「皇太后を呪った人物は……」

ダフィネはいいの、とカノンの言葉を遮った。

「亡くなったのでしょう？　ミアシャに聞きました。他のことはともかく私の調査は不要です。……ほんの少し体調を崩しただけだもの。老人にはよくあることよ」

「しかし」

皇族への危害は謀反《むほん》だ。厳罰が下される。本人が亡くなっていても一族に累が及ぶ。

「お願いよ、ルカ」

滅多にない皇太后の懇願に、はい、と皇帝は静かに頷いた。

「皇太后様がお元気になられてよかったです」

カノンの言葉にダフィネも微笑む。

「療養生活で足が弱ってしまって。カノンに散歩に付き合ってもらわないといけないわね」

「私でよければ、いつなりとお供いたします」

ダフィネはありがとう、とカノンの手を取ってゆっくり庭園の四阿《あずまや》に向かう。

「彼女がいなくなってしまうから、……お願いしたいわ」

三人が四阿の近くまで来ると、そこで待っていた淑女は、丁寧に礼をした。

艶《つや》やかな赤い髪がさらりと揺れる。

「私はもうお別れはしたのよ。――あとはあなたたちで」

ダフィネはドレスの裾を鮮やかに翻した。

ルーカスに背中を軽く押されてカノンが近づくと、久しぶりに領地から帰ってきたミアシャ・ラオは二人に向かって優雅に微笑んだ。顔色は悪くないが少し、痩《や》せたようだ。

「皇国のいと高き方にご挨拶申し上げます。春の良き日です、陛下」

「謁見の間ではない。楽にしてくれ」

ルーカスの言葉に、ミアシャが顔を上げる。

「シャント伯爵にもご挨拶を」

「……久しぶり、ミアシャ」

「忙しくしていて、ご挨拶が遅くなりました」

どういう表情を浮かべていいのかわからないカノンにミアシャは微笑み、いつものように砕けた口調になった。

「東部の領地は、手放すことにしたのよ」

西部の本来の領地で兄の葬儀を終えたミアシャ・ラオはあっさりと切り出す。

「ランベール子爵家にすべて渡して賠償にしたわ。元々『英雄ギラフ・ラオ』の子孫はランベール家だったのだもの。西部の売却した財産も、中毒になった住民への補償になるはず」

「兄上のされたことは公になるのですか」

セネカ・ラオが違法な採掘を行った。そのせいで毒が出て多くの住民が死んだ。

そのことを気に病んで自死した、と公にはそう発表されるらしい。

死んだとはいえラオ侯爵家の嫡男が起こした未曽有《みぞう》の不祥事に後処理は紛糾するだろう。

しかも、そもそもラオ家が英雄の子孫でなかったことは、カノンもルーカスも、もちろん他の二人も口にしていないのに、瞬く間に人の口に上ってしまった。

ラオ家を見る貴族社会の目はますます冷たい。

「取り繕ってもいずれ隠しきれなくなる。――魔物だった天馬のことを脚色したり、兄の手柄を自分がしたことのように歴史書を改竄した祖先と、同じ轍《てつ》は踏みたくない」

ミアシャは目を伏せる。

「我が家は被害を受けた人々の、誰にも許してはもらえないでしょう。けれどできる限りの補償はするつもりでいます」

「ラオ侯爵は？」

ミアシャは苦笑した。

「父は元気よ。けれど爵位は返上。兄は己の行動で父から爵位を奪うことができて、喜ぶかもしれないわね。父を嫌っていたから」

——昔から兄と父は折り合いが悪かったのだとミアシャは言った。無意識なのか声にわずかに懐かしさがにじむ。

何をしても水と油。

父が望むような優秀さをもっていなかったセネカを、侯爵は責めた——。セネカは次第にひねくれて、近年はその溝は埋めようもなかったようだ。

「私も兄が大嫌いだったけれど、同時に、いい妹でもなかったわ。兄が父と険悪なのをいいことに、父の溺愛《できあい》をかさに着て、めいっぱい馬鹿にしていたもの。ひどい妹よね？」

ミアシャが笑うので、カノンは細い肩を抱きしめた。

「同意を求める相手を間違っているわ、ミアシャ。私は馬鹿にするどころか、己の栄達《えいたつ》のために父も妹も裏切った女よ」

「ふふ、そうだったわね、先達《せんだつ》がいて心強いわ」

ミアシャはカノンの肩を優しく叩いて、少しだけ距離を取る。淑女二人の抱擁に珍しく所在なげにしていたルーカスに、ミアシャは再び、優雅に一礼する。

「陛下から機会をいただきましたのに、私は任を果たせませんでした。伏してお詫びいたします」

セネカの奪った黒鉱石は西部の彼の別荘にあるはずだった。

輿入《こしい》れ準備をせよ、との兄の命《めい》に従うふりをして荷を確保しにいったミアシャと皇帝の命令で彼女と同行し護衛していたラウルが見たのは、しかしながらもぬけの殻になった別荘だけ。

黒鉱石がどこに行ったのか……行方は杳《よう》として知れず。

それで何が作られたのか、誰の思惑なのかと考えると暗澹《あんたん》たる心地になる。

「よい。——君に怪我がなくてよかった。皇太后が悲しむ」

ミアシャが表情を緩める。

「皇太后陛下にも、どうかよろしくお伝えください。何年も私の我儘《わがまま》に目をつぶっていただき、ただお側に置いていただきました」

わかった、と頷いたルーカスは彼にしては珍しく躊躇《ためら》いがちに尋ねた。

「それで？　気は変わらないのか？」

「はい」

ミアシャ・ラオはきっぱりと言い切る。

「俺はやはりやめておけという。君ならば家を捨てどこへ行ったとしても歓迎されるだろう。西の大公の元へ遊学するなら、それでもいい」

「侯爵家に生まれた者の務めですから」

ルーカスはため息をついて手を差し出した。

「ミアシャ・ラオ」

「はい」

淑女は皇帝の前に膝を折った。

「父侯爵の爵位返上に伴い、ラオ侯爵位の継承を認めよう。だが侯爵家はセネカ・ラオの犯した罪により裁かれる。そなたが罪を償うことになる」

「謹んで御命を拝します。」ミアシャ・ラオは微笑んで皇帝の手を取り、その手を額に近づける。

「謹んで御命を拝します。——祖先が皇家に捧げた忠誠を、兄に代わって私が終生捧げるところにお誓い申し上げます」

「其方《そなた》が今から、ラオ侯爵だ」

ミアシャはにこり、と微笑むと立ち上がった。

「落ち着いたらご挨拶に参ります。それまで、どうかお二人ともご息災で」

——ミアシャ・ラオは笑顔を残してまっすぐな足取りで皇宮へ歩いていった。

遠目で、キリアンとシュートが彼女を案内していくのが見える。

可憐《かれん》な外見をしているけれど、ミアシャは強い人だと思う。——歩くべき道を決めて、一人で歩いていく。

「……賑《にぎ》やかな皇宮が寂しくなってしまいましたね」

ミアシャを見送りながらカノンが言うとルーカスはそうだなと頷く。

カノンは隣に立つ皇帝を見上げた。

皇帝は難しい顔でミアシャの去った方角を見ている。

キシュケが呪いを解いて、彼の一族も東部の、呪いに苦しんでいた民も救われた。だが、天馬を封じていた黒鉱石は行方知れず。

その行方を知るのはおそらく——。

カノンは皇帝とよく似た佳人を思い出した。セネカ・ラオは皇女の指示で黒鉱石を破壊したと言ったが所詮《しょせん》それは死者の証言。何の証拠にもならない。

ルーカスの気苦労は続くだろう。問題は山積みだ。

風が吹いて葉擦れの音がさわさわと広がるのを聞きながらカノンは口を開いた。

「陛下。ルカ様」

「どうした？」

「私がここにいるのは、ルカ様を煩《わずら》わしさから守るためですね。——公務に専念できるように、皆様から婚姻の話題を避けるための風除《よ》けでした」

ルーカスの赤い瞳がカノンを映す。

「皇妃候補の令嬢は、皆去りました。しばらくは婚姻で頭を悩ませることもないのでは？」

ルーカスの目がわずかに細められる。

言葉を探して、珍しく迷ったような手がカノンの頬に添えられた。

「なるほど、確かにそれは、そうだな」

「私との契約は、もう不要かもしれません」

カノンとルーカスは契約関係。カノンは仮初の恋人だ。

「私がここを去ったら、ルカ様はどうなさるのです？」

見上げて問うと、皇帝はふ、と笑った。

「言っただろう。——三日三晩飲んだくれる」

「そのあとは？　何をなさるのです？」

問いが重ねられるとは思っていなかったのか、ルーカスは一瞬、虚を突かれたような表情を浮かべたが、静かに続けた。

「今までと変わらんな。俺はここですべきことを為す。——まずは黒鉱石の行方を追う。姫君はどうする？」

「私は天馬との約束を果たします。東部の伝承を集めて本にしようかと。……阻止されますか？　陛下にとってはご不快な話もあるかもしれません」

「それについては好きにしろ、と言った。——根を詰めない限りはな」

カノンは苦笑した。

「求婚を何度もしたくせに。結局、ここに残れ、とは言ってくださらないのですね？」

皇帝の手に己の手を添えて、カノンは皇帝の熱を少しばかり楽しむ。ルーカスが別れを惜しむとでも言いたげに額に口づけた。

「皇宮はろくでもない場所だ。ギラフ・ラオが言ったように――成り立ちからしてろくでもない。それでも、俺はここに縛られる。一生な。君が嫌だというなら、強要はできない」

そうですね、とカノンは同意した。

手を頬から遠ざけて両手で包み込む。武骨な手は彼が剣を扱うからだ。偉そうで、横暴で、それなのに常に現場にいる人だなと思う。

本心を隠して怒りを抱えながらも孤独に玉座に座っている。

カノンは緊張を押し殺してルーカスに懇願した。

「仮初の恋人契約を解消したいのです、陛下」

「許可しよう、カノン・エッカルト」

呆気ないほど簡単に許可が下りた。

ひどい人だなと思う。好ましいだとか側にいてほしいとか。カノンの心を乱して楽しんだくせに、結局――カノンの言葉一つで、あっさりと手放そうとする。

「ミアシャに続いて私まで皇宮からいなくなったら、ルカ様は誰と結婚なさるのです？　婚姻は責務なのでしょう？」

「さあな。時が来れば誰かといつか」

「……私は、その姿を皇宮で眺めるわけですか？」

家柄も人格も美しい令嬢が選ばれて彼の隣に立つだろう。

彼は皇帝として間違った選択をすることはないはずだ。そして、ルーカスは、己が選択したことに後悔しないに違いない。カノンのことなど、思い出しもしないかもしれない。

カノンはぎゅ、と唇を噛んだ。意を決して見上げる。

「――私は嫌です。ルカ様」

ルーカスがきょとん、とする。

「カノン？」

「ルカ様は平気でしょうけれど、私は無理です。嫌。あなたは飲んだくれて忘れたらいいでしょうけれど、私は執念深いので。そんなに簡単に忘れられてなんか、あげませんから」

「……そんなに軽くは言っていない」

「言っていました！」

言いながら、ちょっと腹が立ってきた。

「私に契約を持ちかけたのも。引き留めたのも、好ましい、だなんて思わせぶりなことを言ったのも。全部、ルカ様なのに――！　勝手に納得して、一方的に幕を引かないでください。

――勝手すぎます」

数秒、沈黙が流れた。

「……皇妃になるのは嫌なんだろう」

「ええ。私には向いていません」

政治もわからなければ、騙《だま》しあいも得意ではない。

「ならば」

何か言おうとするルーカスをカノンは遮った。

「けれど、あなたが他の誰かの隣にいるのは、もっと嫌」

パージル伯爵家ではカノンはうまく息ができなかった。

あそこに居場所はなかった。

自分の足で立ってうまく呼吸をして、歩きはじめることができたのは、ルーカスが役割をくれたからだ。たとえそれが一時的なものだったとしても……。気まぐれでも、彼がいまだに本心を見せてくれなくても。カノンは、ルーカスの隣に居場所が、欲しい。

誰かに奪われるのは嫌だ。

「恋人契約は、破棄します。ルカ様」

武骨な手を再び取って口づける。祈りを捧げるように。

「――契約ではなく、誓約をください。本物の」

不意を奪ってルーカスに口づける。背の高い彼に合わせて少しだけ背伸びをして。

長い、沈黙があった。

息が詰まりそうな時間の後に、呆れたような声が落ちてくる。

「……厄介《やっかい》なことばかりだぞ」

「そうですね」

「……引き返すなら、今が最後だぞ」

「もう、とどまると決めました。あとは、あなたが決めて」

「……後悔するぞ」

「……それなら、一緒にしてください」

二人でする後悔は一人でいるより、ずっといいから。

ルーカスが、ふ、と表情を緩める。低く耳に心地よい声が耳朶《じだ》をくすぐる。

「カノン・エッカルト」

「はい」

「君は生涯俺の側にいて、隣で笑ってくれるだろうか。今、そうしてくれているみたいに」

カノンは答えの代わりに、もう一度、皇帝に口づけた。

今度は、背伸びの必要はなかった。

彼が身をかがめて口づけてくれたからだ。カノン、と耳元で低く囁《ささや》かれた気がしたが、あたたかな風に誘われて言葉は春の日差しに甘く溶けた。

★エピローグ

美しきラオ家の令嬢が皇宮を去った。愚かな兄の不祥事で。

(中略)

皇帝の伴侶《はんりょ》候補として唯一残っていた幸運なカノン・エッカルトは見事に皇帝の婚約者の座を射止めた。

幸運な女性が皇妃の冠を戴《いただ》くのは次の冬、彼女の生誕祭のあたりだろう——。

ぐしゃり、と新聞を握りつぶした女は花々が咲き誇る温室で眉間《みけん》に皺《しわ》を寄せた。

「面白くないわ、全く面白くない」

皇女ヴァレリアは愚痴りながら新聞を丸めて投げる。

「あんな女が身内になるなんて、嫌よ——せっかく追い出したイレーネの亡霊が戻ってくるみたいじゃない？」

丸められた紙を黒髪の男が拾った。

「第一……、なぜセネカ・ラオのことにルーカスが気づいたの？　……せっかく手に入れた黒鉱石を奪われるところだったわ」

憤慨するヴァレリアに、黒髪の男は呆《あき》れたように、ため息をついた。

「あんたみたいな女に唆《そそのか》されて、人生無駄にしたセネカ・ラオが可哀《かわい》そうだよ」

「まあ、ひどいのね。ゼイン。――彼は私に背中を押されたがっていたのよ。父親にどうにかわからせてやりたかったの」

「自分の有能さを、か？」

「まさか。――自分が怒っていることを、よ！　思い知ってほしかったの」

ヴァレリアの言い分にちっともわからん、とゼインは首を傾《かし》げた。

「それで、黒鉱石はどこにあるんだ。ヴァレリア。――俺《おれ》にも少し融通してくれるはずでは？」

ヴァレリアはにこりと微笑《ほほえ》んだ。

「あせらないで……私の用事が済んだら、全部譲ってあげていいわ」

「――期待せずに待っているよ」

ゼインがため息をつく。

ヴァレリアは上機嫌で己の隣で沈黙していた青年に、微笑みかけた。

「まずは、黒鉱石で武器を作れる人を探さないと。――あなたも手伝ってくれるでしょう？」

青年は青い瞳《ひとみ》で皇女を見つめ返すと控えめに頭を下げた。

「皇女殿下がお望みならば喜んで」

殊勝な態度にヴァレリアはくすくすと笑う。

「あなたが私と仲良くしてくれると知ったら、カノン・エッカルトも喜ぶでしょう。何せ親戚《しんせき》になるのですものね……」

パージル伯爵代理・レヴィナスは一瞬目に浮かんだ剣呑《けんのん》な光を隠すために目を伏せて皇女に頭《こうべ》を垂れた。

あとがき

初めまして。またはお久しぶりです。司書姫を一年ぶり！　でお送りすることができて大変嬉しい、やしろ慧です。

このたびは「皇帝陛下の専属司書姫」三巻！　を手にとっていただき、誠にありがとうございました。「やしろ慧」名義で三巻に到達できたのが初めてなので、そういう意味でも感慨深いです。

既刊を読んでいただいた皆様のおかげです。この巻が初めましてだよ、という方は、よければ既刊もご確認くださいませ。

挿絵のなま先生には引き続き、今回も表紙、口絵、挿絵と素敵なイラストを担当いただきました。眼福かつ、幸せです！　いつもラフの段階からにやつき、完成版を見せていただいては素敵、素敵、と転げております。

司書姫、表紙は『カノンと攻略対象』、ピンナップは『主要キャラ四人』という仕様になっておりまして。既刊ピンナップ揃えると、ちょっとした宗教画っぽいな、とデータで並べて、悦に入っております。

いつかこっそりカラー印刷して並べて部屋に飾りたいです。

どのキャラクターも素敵なのですが、今回のピンナップは、特に服にこだわり強そうな四人が並んでいて、眺めるのが大変、楽しかったです……！

難しい色と模様のドレスを可憐に着こなす、ルメクのファッション・リーダー、ミアシャ・ラオ（可愛い）！

姫袖は私が伏してお願いしました、キシュケ・ランベール（沼る……！）胸筋も魅せる！　仕上がってるね！　疑惑多めのゼ……(通りすがりのイケメン)！

そして、刺繍が凝りすぎていて、作画コストも刺繍職人の苦労も想像すると恐ろしい。なま先生の描かれる美女、大好物です。どうか、その流し目で見下して皇女様！　でお送りしました！　個性豊かで楽しい面々です。

お洋服、四人とも素敵なので、可能でしたら拡大してみてくださいね。


さて、今回の表紙キャラ、キシュケ君ですが、他の攻略対象が割と強気な人たちなので、ちょっぴり陰気な感じの自責強めな人になりました。

七つの大罪のうち「暴食」を司る子爵様。暴食なら作者の毎日を描写すれば勝てるのでは？　と思ったのですが、ドラマ性がないので秒で却下し、このような次第と相成りました。美味しいものを、楽しく食べたいよね……。嫌な業を背負わせてごめんね、キシュケ……と思いつつ書きました。

陰キャなキシュケですが、カノンと話していると割と穏やかに話が進み、二巻ですっかり猫をかぶるのをやめたロシェと絡めても、凹凸コンビで話が進んで、大変書きやすいキャラでした。また機会があったら書けたらいいな。


キシュケが悩んでいる横で、カノンも今巻はいろいろと悩んでいて……。

彼女の悩みとか、決断が、読者の方にどう受け取っていただけるかなあと、と楽しみ一割、怖いのが、九割。感想など、いただけますと幸いです。

最後に、今回も、ご迷惑とご迷惑しかおかけしていない、編集様。校正様（本当に、本当に申し訳なく……）、最後まで見捨てずにいてくださって感謝しかないです。


そして、この本を読んでくださった方、本当にありがとうございました。すこしの時間でも「楽しい」をお届けできていますように。

それでは、また。

どこかでお会いできることを祈って！

やしろ慧

皇帝陛下《こうていへいか》の専属《せんぞく》司書《ししょ》姫《ひめ》3
呪《のろ》われ子爵《ししゃく》と心中《しんじゅう》するのはお断《ことわ》りです！

2023年6月1日　初版発行

著　者■やしろ 慧
発行者■野内雅宏
発行所■株式会社一迅社
〒160-0022
東京都新宿区新宿3-1-13
京王新宿追分ビル5F
電話03-5312-7432（編集）
電話03-5312-6150（販売）
発売元：株式会社講談社
（講談社・一迅社）

印刷所・製本■大日本印刷株式会社
ＤＴＰ■株式会社三協美術

装　幀■AFTERGLOW

ISBN978-4-7580-9551-8

この本を読んでのご意見
ご感想などをお寄せください。

おたよりの宛て先

〒160-0022
東京都新宿区新宿3-1-13
京王新宿追分ビル5F
株式会社一迅社　ノベル編集部
やしろ 慧《けい》 先生・なま 先生

悪役令嬢のお仕事×契約ラブファンタジー第2弾！

『皇帝陛下の専属司書姫2
神官様に断頭台に送られそうです！』

著者・やしろ慧《けい》
イラスト：なま

嫉妬に狂いヒロインを邪魔して死んでしまうゲームの悪役に生まれ変わっていた伯爵令嬢カノン。妹を選んだ婚約者からの婚約破棄を受け入れ王都で夢の司書生活を過ごすはずが、なぜか攻略対象である皇帝《ラスボス》と恋人契約することに……。その上、ゲームで悪役カノンを断頭台に送る恐怖の攻略対象（＝神官）が現れて⁉　断罪される最悪の未来なんてお断り！――したいのに、やたらと色気のある神官が仕事を理由に近づいてくるんですけど⁉